Franziska König

Der soll mich kennenlernen!

MIX
Papier aus ver-
antwortungsvollen
Quellen
Paper from
responsible sources
FSC® C105338

Eine Milieustudie

August 2014

*Meinem lieben Onkel Dölein zugeeignet,
ohne den ich wohl kaum auf der Welt wäre!*

TWENTYSIX – Der Self-Publishing-Verlag
Eine Kooperation zwischen der Verlagsgruppe Random House und BoD – Books on Deman © 2020 by Franziska König
Titelbildt: Buz inmitten seiner Schülerschar
Zuschnitt: Andreas Rothfuß, Blankenfelde
Herstellung und Verlag: BoD –Books on Demand Nordersted
ISBN: 9783740754334

Familie Rothfuß-König an Heiligabend 1963
(Auch Ming ist bereits dabei – doch dies weiß zu diesem Zeitpunkt noch niemand)

Von links nach rechts:
Rehlein mit der 1-jährigen Franziska (Kika) auf dem Schoß.
Untere Reihe: Tante Antje und der Opa, auf deren Knien die Zwillinge Heiner und Friedel verteilt sind. Daneben Onkel Rainer, der erklärend den Zeigefinger ausgefahren hat.
Obere Reihe: Der junge Buz neben der Degerlocher Oma, Tante Bea, Onkel Dölein, Omi Mobbl, und der damals erst 14-jährige Onkel Andi.

Die wichtigsten Vorkömmlinge vorweg:

Rehlein (Erika, Eri): Mutter (*1939)
Buz (der Wolf):   Vater (*1938)
Ming: Bruder (*1964)
Julchen: Schwägerin (*1983)
Yara (Pröppilein):   kleine Nichte,
                       geb. im Dez. 2012

Den Rest findet man am Schluß des Buches im Personenverzeichnis

Ort der Handlung:
Aurich: Hauptstadt von Ostfriesland

Zum Hintergrund der Geschehnisse empfiehlt sich ein Blick auf diesen Link:
Einfach nur - **familie könig vs werner bonhoff** – in die Suchmaschine eingeben

# August 2014

Freitag, 1. August
Baltrum - Aurich

Ruhmesblatt im Wetterkalender:
Ein warmer, wunderschöner Sommertag

Die Violinklänge tönten durch das gekippte Fenster über den Rasen, auf dem die frisch verwitwete Pfarrerin mit der gemütlichen Figur im Sonnenschein Kleidungsstücke ihrer Lieben an die Wäschespinne hängte.
Ich spielte das Programm für mein Konzert in der Emder Kunsthalle durch, und besonders inbrünstig gestaltete ich das Air von Bach für den jüngst verstorbenen Geistlichen. Einen Herrn, der bis zu seinem Lebensende wie ein Bub ausschaute!
Drum ließ er sich zuweilen einen imponierlichen Bart stehen, der an den Räuber Hotzenplotz erinnerte.

Nach den Violinstudien trat ich in den warmen Tag hinaus.

Moje, dat du doi bist!

steht kunstvoll aufgepinselt auf der Holzbank vor dem Hause zu lesen, doch mir steigen diese Worte norddeutsch herb und streng ins Ohr.
Buz hat einmal erklärt, warum das Plattdeutsche so platt klingt: Erstens, weil es ansonsten wohl kaum „plattdeutsch" hieße, und zweitens, weil in Ostfries-

land meist ein schneidend scharfer Wind weht, so daß man den Mund nicht gerne auftut.
Nun aber las man diese platten Worte in warmem Sonnenschein.
Die Pfarrerin trat mit großer Herzlichkeit auf mich zu, und bat mich in ihr Büro, wo die trauerumflorte Fotografie des Verblichenen, der der Welt mit einem Lächeln zu begegnen pflegte, das einen blitzenden Goldzahn entblößte, alle Blicke auf sich zieht.
Trotz ihres dichtgewobenen Alltags, schenkte mir die Pfarrerin auf großzügigste Weise Zeit, so daß ich mich hinterher beschenkt und bereichert fühlen durfte, auch wenn die Themen traurig waren, dieweil die Rede gleich auf die beiden toudkranken Kinder gelenkt wurde, von denen sie bereits im letzten Jahr berichtet hatte: Das kleine Mädchen nebenan sei mittlerweile vier Jahre alt, und habe die härteste Scheemo bekommen, die es überhaupt nur gibt. Hernach war Reha angesagt, um das kleine bißchen Lebensglut unter dem Aschehäuflein, das die mörderische Scheemo wohl übriggelassen hat, nochmals anzufeudeln.
Und dann sei die Mutti des kleinen Mädchens mit 41 Jahren nochmals schwanger geworden!
„Cassen Eilt", wurde der kleine Junge mit einem höchst ungewöhnlich klingenden plattdeutschen Namen bestempelt. Er kam genau einen Tag nach der Reha auf die Welt, „so daß man so quasi „oune Punkt und Komma" Turbulenzen durchlebte!"

berichtete die rundliche Pfarrerin plastisch mit plattdeutschem Einschlag.

Man schaute auf das liebe, freundliche Gesicht einer Dame, in deren Umkreis sou viel herumgestorben wird – und sie in ihren dramatischen Berichten fuhr alsbald fort: Bei dem anderen Mädchen zwei Häuser weiter, sieht es woul noch deutlich schlechter aus.

Und auch die Putzfrau sei gestorben – 53 Jahre – Krebs! Ferner die Frau von Reemts Patenonkel, die einem rasant wachsenden Hirntumore erlag.

Bedrückt picknickte im Freien vor dem Gemeindehaus.

In meiner Horchweite unterhielt sich ein Herr aus Mecklenburg-Vorpommern mit den beiden frommen Klampfenspielern, die gestern neben mir Quartier bezogen hatten, und die in den warmen Sommermonaten auf der Insel Kinderbetreuung betreiben.

Doch *meine* Zeit auf Baltrum rieselte aus.

Inmitten einer Herde Hinwegstrebender wanderte ich zum Hafen, und wurde so zu einem kleinen Teil einer bunten Karawane, die sich durch den Sonnenschein dahinwälzte.

Eine Omi, die am Henkel eines uralten, gebogenen Schlurfs hing, rief: „Wo sind die Berge? Wooou sind die Berge?"

Vor mir lief eine Frau mit langem weißen Haar, und neben ihr rollte der bepackte Bollerwagen, der von

ihrem gelockten, ebenfalls bereits weißhaarigen Ehemann gezogen wurde, während das Ehepaar einen gepflegten Zwist abhielt.
„Ich will mich noch in Ruhe mit meinen Eltern unterhalten!" sagte die weißhaarige Ehefrau.
„Geht nicht. Dann sitzen wir wieder mit Gabi und Matthias da!"
„Ach sou?" (nicht ohne Unterton)
„Sag doch gleich, daß du mich nicht dabei haben willst!" sagte der Herr in jener gedrosselten und doch pickierten Unwirsche, die einem leicht in die Seele schneidet, - so nun auch in meine.
Ein bißchen verdächtig war, daß ich mein Lauftempo verlangsamte, um mein Ohr noch ein wenig besser an das Zwistgeschehen anzuheften, doch nun ging´s mir grad so, wie es mir daheim immer geht: Interessiert trichtert man die Ohren etwas Bannendem entgegen, und dann sagt jemand zum Pröppilein: "….zeig der Tante Kika…", denn auf einmal gratulierte mir eine jüngere Dame mit massigen, sommersproß- und schweißperlenbesprenkelten Armen zum gestrigen Konzert.
„Wir kennen uns!" sagte sie.
Eine Dame, die einst im Theaterstück „Maria-Magdalena" am „Aufmarsch der Riesenpöter" mitgewirkt hat, und sich nun in Begleitung zweier weiterer Riesenpöter befand.
Mitten in ihre Gratulationsworte hinein rempelte mich ein sonnengebräunter Herr im gelben Polohemd mit barschen Worten an:

"Darf ich bitte ihre Kurkarte sehen?"
Die beamtlichen Worte, in denen eine gewisse Vorahnung mitschwang („Hab ich dich endlich erwischt, du Miststück?!?") hebelten mich derart aus dem Geschehen heraus, daß ich mich den Damen gar nicht richtig widmen konnte.
„Ich war hier beschäftigt," suchte ich mich aus der scharfen Inselkontrolle zu winden.
„Mit was?" (Mißtrauisch)
„Ich habe das alldonnerstägliche Konzert gegeben!"
„Ach so, wunderbar", sagte der Herr gelöst, und deutete eine kleine Verbeugung an, die nicht eindeutig erkennen ließ, ob sie respektvoll oder verhohnepipelnd gemeint war, so daß man sich unschlüssig sein mußte, wie ein passendes Lächeln wohl einzufärben sei?
Freundlich-weltfern und nicht ohne Liebreiz, wie von einem jungen Hascherl, das sich als Künstlerin versucht, oder eher versnobt und überheblich, nach Art einer reifen Powerfrau, die „weißwasewill"?
Und wer sagt mir denn, daß dies nicht einfach irgendein Urlauber war, der einem eine Strafe abknöpfen möchte, um sein Urlaubsbörsl zu füllen?
Darf ich bitte Ihre Kurtaxeneintreibungslegitimation sehen?
„Nööö!"
Es juckte mich in Füßen und Gemüt, den Damen, die sich nun langsam aber stetig Richtung Inselmitte entfernten, nochmals zu folgen.
Noch hätte man ihnen hinterherstürmen können, aber…

Historische Erinnerung aus dem Jahre 1975:

Wir als Familie verbrachten einen unvergesslichen Urlaub auf der japanischen Insel Tanegashima.
Man kaufte uns Kindern einen riesengroßen Wasserball in Form einer grünen Melone – doch dieser Ball wurde uns eines Tages von den Wogen langsam, stetig und doch unaufhaltsam entsogen, und auf das weite Meer hinaus getrieben.
Wir haben ihn nie wiedergesehen.

Wenig später saß ich im Schiffsinneren am Oberdeck. Ich teilte meinen Tisch mit einem verschwitzten jungen Herrn, und am Fenster gewahrte ich einen Greisen, der von hinten ausschaute wie Onkel Dölein in zehn Jahren.
Wie dies wohl weitergegangen wäre, wenn ich mich erkühnt hätte, ihn kurz anzutippen?
„Sie erinnern mich an meinen Onkel in Amerika – zumindest von hinten. So wie er in zehn Jahren aussehen könnte!"
Und dann dreht er sich um, und es <u>ist</u> Onkel Dölein!
Den Mund zu einem Lächeln geöffnet, das einen einzusaugen scheint.

Schließlich legte das Schiff am Hafen an.
Auf dem Parkplatz entdeckte ich mein Auto, und schaute zunächst vergebens nach dem vertrauten Haupt Buzens.

„Wahrscheinlich hört er Radio!" mutmaßte ich, und dann war ich richtig gerührt, Buz doch unter den Wartenden zu erblicken!
Wir bewunken uns, und ich hatte ihn als freundlich Winkenden doch ganz deutlich gesehen.
Was aber, wenn Buz von diesem Augenblick an für immer verschwunden gewesen wäre?
Ständig denke ich mir Verschwindungsgeschichten aus, die so mysteriös sind, daß man toll werden könnte.
Doch da war er ja!
Ich mühte mich die Schiffstreppe hinab, begrüßte Buz freudig mit einem tiefempfundenen Kuß, und wenig später fuhren wir los. Aus dem Radio quollen argentinische Tangoklänge von Astor Piazzolla, doch anders als Gidon Kremer, für den dieser Komponist und seine Musik eine Liebesgeschichte ist, fielen mir die Quetschkommodenklänge auf die Nerven.

Wir fuhren dem Eröffnungskonzert im diesjährigen „Musikalischen Sommer" mit Jan S. am Cello und Ming am Klavier entgegen, und ich fand das Wagnis ganz schön riskant. Die Herren kannten sich bis gestern nicht, und was macht man bloß, wenn die Wellenlänge nicht stimmt?
Ich stellte mir bereits ein Szenarium vor:
Wir kommen nach Hause, und ein wutschnaubender Cellist verlässt soeben unser Grundstück.

„Unter diesen Umständen spiele ich keinen Toooon!" hört man ihn noch ärgerlich schnaufen, während er sich im Gehen in den Mantel zwängt, und um die Ecke entschwindet.

Daheim kasperte das Pröppilein zwischen Büro und Ashram herum, und das Julchen saß wie alle Tage mit leicht gebogenem Rücken am PC.
Mir schenkte es ein knappes Lächeln.
„Willst du der Tante Kika dein Buch zeigen?" suchte sie auch alsbald die Sitterei auf mich abzuwälzen, und das Pröppilein schleppte das große Buch vom Molle herbei.
Ich versuchte kindgerecht zu agieren, klappte das Buch auf und wollte - selber interessiert - vorlesen, doch das Pröppilein hatte mir das Buch ja jetzt gezeigt, und machte schon wieder etwas anderes:
Es tat malen, und macht man ein Kompliment, so kann es auf norddeutsche Art emotional nicht damit umgehen, und scheint die schönen Worte einfach zu überhören.

Gespannt wie einst der „curious George"*, konnte ich es einfach nicht erwarten, detailliert zu erfahren, wie die Probe mit Jan S. wohl gelaufen ist?!
Mit dem eiligen Ming hatte ich zwischen Tür & Angel kurz gesprochen:
Es sei gut – normal, sagte Ming knapp und gefühlsneutral, und hatte sich auch schon wieder in Luft aufgelöst, während es mir doch nach Details verlangte und regelrecht dürstete!

*Ein neugieriger kleiner Affe aus einem amerikanischen Kinderbuch, das ich in jungen Jahren regelrecht verschlungen habe!

Eröffnungskonzert:

In der Lambertikirche saß ich neben dem zwickerbestülpten Herrn Heike, der sich – mit mittlerweile 81 Jahren an der Schwelle zum Gnadenalter stehend – auch heuer nach Ostfriesland bemüht hatte.
Auf meinen Knien lag das aufgefaltete Programmheft, und so machte ich mich über den Interpreten des Abends, Jan S., kundig:
Seitdem er sich dem Cello verschrieben hat, sucht er ein breites Spektrum an Klangfarben las der Interessierte.
Der Passus, daß er sich dem Cello verschrieben hat, gefiel mir, doch der Rest klang ein bißchen so, als würde er noch immer daran herumsuchen, denn davon, daß er es gefunden hat, stand wiederum nichts dabei.
„Seitdem ich mich der Geige verschrieben habe, suche ich eine ganz bestimmte, schwer zu beschreibende Klangnuance, - vergleichbar vielleicht dem Kräutlein Niesmitlust-, die selbst Hartgesottenen die Tränen in die Augen treibt!" trat mir eine Inspiration für mich selber in den Sinn.

Im Künstlerzimmer, wo ich Ming noch Vergnügen und Freude wünschen wollte, hatte ich den Vielbesungenen zuvor kurz kennengelernt, doch auch wenn er höflich lächelte, als ich mit ausgefahrener Hand auf ihn zutrat, so schlug einem ja doch nur die cellistenspezifische „Verwunderung" entgegen.
Selbst in den Musikschulen wirken die Cellisten immer so „erstaunt", und in ihrer Mimik spiegeln sich Gedankenpassagen wie diese hier:
„Und?? Was verschafft mir die Ehre? Was habe *ich* damit zu tun??"

Ming hielt eine sympathische Rede, und alsbald begann der Musikalische Sommer 2014 mit Bachs C-Dur Suite auf dem Violoncello - aus Sicherheitsgründen von Noten vorgetragen.
Und während Jan S. dasaß, für uns arbeitete, und seinem Stradivari-Cello (?) ein breites Spektrum an Klangfarben zu entlocken suchte, wanderten meine Gedanken umher. Mal umschwebten sie ihn, und mal entfernten sie sich auch gänzlich von den musikalischen Bemühungen auf der Bühne.
Man kauft sich eine Konzertkarte, lauscht dem Cellospiel eines fremden Herrn, und irgendwie fühlt es sich an, als habe man sich ein Hemd gekauft, das sich nun im Winde bläht, und eine Spur zu weit für einen ist.
Preisgekrönt!
Es folgte Beethovens A-Dur Sonate, mit Ming am Klavier.

Doch auch bei diesem Werk – von Ming atemberaubend gespielt - blieb mir Jan S. ein Fremder.

Hi und da warf er den Kopf in jähem Ungestüm in den Nacken, um dann wiederum schräg am Cellohals empor in die oberen Winkel des Raumes zu blicken.

Schostakowitschs Cello-Sonate gefiel allgemein sehr, und als Zugabe wiederholte man den berührenden zweiten Satz.

„Ein Celloabend, worüber man hernach nicht sagen könnte, ob der Cellist ein Mann oder eine Frau war!"
Sei dies nicht ein großes Qualitätskriterium?
Ja, aber doch nur für einen Continuospieler am Cembalo.

Ein Jubel!
Dann war´s vorbei.
Ich hatte gemeint, man würde Jan S. persönlich kennenlernen, und ich müsse ihm womöglich ein Kompliment machen, wozu mir der Sinn nicht wirklich stand.

Doch auf dem nächtlichen Fußgängerzonenarm traf ich nur Ming allein mit zwei Blumensträußen, denn der Rutinjée war bereits wieder unterwegs.

Gleich morgen früh würde er über den Wolken nach München fliegen, wo die nächsten musikalischen Großkampftage auf ihn warteten.

Samstag, 2. August
Aurich, Schwesternheim in der Egelser Str. 13
(dort war ich untergebracht worden, da es bei uns daheim
kein Bett mehr für mich gibt.)

Ein wunderschöner Sommertag,
auch wenn es gegen Abend hieß,
es läge Regen in den Lüften

Man sprach über das gestrige Konzert, und bedachte es mit lobenden Worten, auch wenn man sich einig war, daß dieser Cellist wohl keinen bleibenden Eindruck in unserem Leben hinterlassen wird, zumal wir mit den gloriosen Beethoven-Interpretationen von Ming und Herwig wohl allzu verwöhnt worden sind.

Was bleibt ist allenfalls ein leicht schaler Nachgeschmack, was das doch bloß für eine Trostlosigkeit mit den sog. „Elitekünstlern" ist, die einen womöglich schon am nächsten Tag auf der Straße nicht wiedererkennen würden?

Überall und nirgendwo anzutreffen.

Gestern noch Ostfriesland, morgen schon wieder LA?

Ich hatte schon gar keine Erinnerung mehr an seinen Händedruck, den er mir doch hat angedeihen lassen?! Das Lächeln wärmt nicht, der Händedruck prägt sich nicht ein, und das breite Spektrum an

Klangfarben, löst sich in der Erinnerung auf wie eine Wolke.

Im kahlgeräumten Musikzimmer – sonnendurchflutet – übte ich eine dreiviertel Stunde am letzten Satz der Mendelssohn-Sonate, und hernach wollten wir Buzen das Geübte vorführen.
Doch dazu kam es nicht mehr.
Ständig zwängte sich ein Telefonat oder eine andere Lästigkeit dazwischen, und dann gemahnte das Julchen auch noch zu Ruhe. Man möge bitte leise agieren, da sie die Kleine jetzt zu einem Umschlummer hingebettet hätte.
Da läutete erneut das Telefon, und nach dem Telefonat verschwand Ming im Büro und kehrte nicht wieder, so daß Buz, der sich mit den Noten doch bereits als Zuhörer zurechtgewinkelt hatte, bereits zu stöhnen begann.

Um 17 Uhr wurde in der Emder Kunsthalle der Film „Musique, mon amour" vorgeführt.
Portraitiert wurden drei Musiker.
Mich allerdings interessierte nur die Midori, und jedesmal, wenn der sensible Compositeur oder aber die israelische Fadosängerin zum Zuge kam, wünschte ich mir die Midori wieder herbei, die zwar sehr in sich verkrümmt, so jedoch auch äußerst treffsicher und temperamentvoll spielt, und die Details sehr fein und künstlerisch auszuarbeiten pflegt.

Wir erfuhren, daß die Midori aus einer Familie mit sehr starken Frauen stammt, wo es eine Selbstverständlichkeit ist, daß man alles *gut* macht!
Im Künstlerzimmer hatte man alle „*Sterne*" seit 1948 gesammelt, seit der allerersten Ausgabe - doch nun gebrach´s mir an Muße, mich hineinzuvertiefen. Geradezu midoriartig bildete ich mir ein, nur üben zu sollen.

Nach dem Konzert in der Emder Kunsthalle:
Heimfahrt mit Buz und Franz.
Buz am Steuer bat den Franz, Rehlein im fernen Ofenbach anzurufen, doch niemand hob ab, und in mir stieg die größte Besorgnis auf, und peinigte mich bis zum Bettgang.

Sonntag, 3. August
Schwesternheim

Warm und sommerlich

Um Rehlein machte ich mir die allerschlimmsten Sorgen:
Im Geiste *sah ich Buz bereits betreten sagen:*
„*Du, die Eri meldet sich nicht. Das will mir gar nicht gefallen!*"

(Doch Rehlein lebte gottlob doch noch, wie ein späteres Telefonat bewies.)
Ich erhob mich zügig und lief nach Hause in die Graf-Enno Straße, um rapide den Frühstückstisch auf der Terrasse aufzudecken.
Dummerweise hatte ich vergessen, den Tau von der Tischdecke abzuwischen.
Etwas, das mir später einen Tadel Mings eintrug.

Doch zunächst ergötzten Julchen und ich uns am Pröppilein, das schon jetzt so viele Buchstaben kennt. Es buzzewackelte in seinem gestreiften roten Minikleidchen so goldig umher und sagte: „Ooh!" während der Opa Buz im Musikzimmer aus Leibeskräften so leidenschaftlich und schön seine Franck-Sonate interpretierte.
Wenig später schienen Vater und Sohn sich leicht zu zoffen, doch es war ja bloß, daß Ming gesagt hatte: „Wir haben nichts mehr!" und der unerschütterliche Optimist Buz darauf: „Das muß sich ändern!"
Doch dies sagt Buz seit sage und schreibe drei Jahren!

Montag, 4. August

Am Morgen Regen. Grau, viele Wolken am Himmel.
Abends sommerlich aufgelockert,

> und der Tag wurde mit einem
> wunderschönen Sonnenuntergang
> abgerundet und beschlossen

Ein eher bleicher Tag hatte sich entrollt und zunächst übte ich emsig jene Wimmelstellen für das abige Barockkonzert in Buttforde.
Ich hatte das Gefühl, daß meine Violine leider nicht so besonders gut anspringt – die Töne klangen kollofoniumfarben (klebrig und leicht knarzig) und ließen sich dem Gehölze nur mühsam auf jene Weise entlocken, die mir vorschwebte.

Am Morgen wollte das Julchen mit dem Pröppilein im Duett duschen, aber das Pröppilein hat nur geheult. Ming parodierte den Hund der gestern gehechelt hat, denn darüber habe das Pröppilein so gelacht! Und davon lachte und weinte das Pröppilein im Duschhäusel gleichzeitig.

Hernach radelte ich in die Egelser Straße, wo man das Schwesternheim nach nur zwei ruhigen und gemütlichen Tagen in ein Gästehaus für Musikanten umgewandelt hat.
Die koreanische Geigerin Lisa aus dem Jade-Quartett öffnete mir die Türe. Sie bedachte mich zwar mit einem freundlichen Lächeln, doch schon gibt´s Probleme: Im Haus befinden sich keine Töpfe! Auf die ärgerlich stimmende Art einer Schwiemu öffnete ich den ersten Schrank in der Küche, so als

wolle ich dem jungen Ding bedeuten, daß es wohl nicht gescheit geschaut habe? Und tatsächlich: Die Töpfe schien man in Friesenlogik für die Musikanten hinweggeräumt zu haben.

„Ich möchte wenigstens Ei kochen!" sagte die Lisa mit nachdenklichem lieben Lächeln auf Ausländerdeutsch, und auf dem Tisch befanden sich die Netto-Einkäufe die man getätigt hatte.

Ferner hieß es, es fehle ein Bettbezug, und einer der Musikanten habe seinen entblößten Korpus einfach so mit der Rohfassung der Bettdecke bedeckt!

Ich fuhr zu Netto und kaufte eine sehr lange Tüte, die sehr hoch mit Brötchen zugestopft war, und bald darauf naßgeregnet zu werden drohte.

Daheim baute ich ein schönes Frühstück auf.
Buz nebenan im Musikzimmer war in sein Violinspiel versunken.
„Einen Opa der so schön Violine spielt, hätt´ man ja auch gerne!" könnte man das Pröppilein nun beneiden, doch man kann nicht alles haben.

Um große Pünktlichkeit bestrebt, fuhr ich in den entlegenen Stadtteil Sandhorst zur Quartettprobe.
Hausherr Christoph-Otto war soeben am Telefonieren, und nach dem Telefonat erfuhr ich, daß er sich selbstlos für die jungen Gäste aus Taiwan engagiere, die dem sprudelnden Großstadtleben in Taipeh enthebelt, nun in der torfigen Ackerland-

schaft in Wallinghausen, am Ende der Welt abgestellt worden waren, und zumindest ein Fahrrad haben sollten.

Mittags speiste ich mit Buzen im Piquerhof, wo wir von einem zwar korrekten, so jedoch nicht übermäßig sympathischen Puddingsmohren bedient wurden.
Buz freute sich an den überwältigenden Kritiken für das Eröffnungskonzert, und ich schleppte zwei Sterne herbei. Darin las Buz nun hocherfreut, daß Florian Homm* frei sei. Hoppla! War nicht von mindestens 225 Jahren verschärftem Kerker in den USA die Rede??
Doch der süße Buz freute sich nur von Herzen über die Freilassung des Gestrauchelten.
*Finanzsünder, mit dem wir um viele Ecken verwandt und verbandelt sind

Barockkonzert für Orgel, Trompete und Violine in Buttforde:
Auch Buz war angereist.
Ich hatte gemeint, Buz käme nur zur ersten Hälfte, und dies auch nur aus Höflichkeit, doch in der zweiten saß er ja immer noch da. Darüber freute ich mich ungemein.
Als ärgerlich jedoch empfand ich, daß Frau E von der Presse gekommen war. Am liebsten hätte ich die nilpferdartige Frau E. auf Georg-Kreisler-Art vor allen Ohren dran gebeten, nichts über unser Konzert

zu schreiben, denn ich konnte mir gut vorstellen, wie sie sich auf Geheiß von „oben" bereits im Vorfeld Worte dieser Art zurechtgelegt hat:

*Gewiss, es wäre unfair, sie mit einem Christian Tetzlaff zu vergleichen...*da die Journalisten z. Zt. alle darauf abgerichtet sind, den vermeintlich gigantischen Unterschied zwischen dem neuen und dem alten Festival in die Köpfe zu hämmern.

Und tatsächlich gibt es da einen Unterschied – klein und gigantisch in einem (bloß von der anderen Seite her):

Unser Festival könnte man mit den Kochkünsten eines Zwerg Nase vergleichen: Handverlesene Künstler und Programme, von Buz und Rehlein mit ihrem einmaligen künstlerischen Gespür in vielen tausend Stunden Arbeit zusammenkomponiert.

Für jenes der anderen bietet sich eher ein Vergleich mit „Burger King": Mit dem Zusatzvermerk „renommiert" bestempelte Interpreten von der Stange, die Ostfriesland meist nur als musikalischen Bocksprung, oder „Vorlauf für ein echtes Konzert" nutzen.

Sollte man vielleicht auch noch ins Programmheft schreiben: "...spielen Werke des renommierten Komponisten Ludwig van Beethoven?"

In Friesenlogik denkt jedoch so manch einer: „""Burger King" wird schließlich auf der ganzen Welt geschätzt! Das kann so verkehrt nicht sein. Und wie Zwerg Nase kocht ist doch woul Prrijvatsache?!"

Nach dem Konzert:
Ich fuhr durch die Nacht, und der Vollmond leuchtete in halbierter Form.

Daheim saß das Julchen am Klavier, übte Bachs Konzert für zwei Klaviere, und ließ sich durch nichts und niemanden davon ablenken.

Die „Stadtperle" hatte bereits geschlossen, und wir landeten zu später Stund im „Hirschen".
Ming war jedoch zu müd!
Buz und ich ließen uns mit zwei feierfreudigen Spezis im angenehm ausgeaperten Inneren nieder, doch leider hatten wir nicht bedacht, daß es jeden zweiten Montag eine sog. Live-Musik gibt, und neben übersteuerten Songs aus dem Mikrophon auch noch einen Disco-Lichtreflex.

Ich dachte an Gidon Kremer, seine allabendlichen Abhängereien in der Kneipe gegenüber, und wie er dort einst eine Frau kennenlernte, die er hernach nie wiedersah.

Dienstag, 5. August

Sonnig und warm

Ich schlief ausgezeichnet, und erwachte in einen sonnigen Morgen hinein, an dem ich erst einmal nur so dalag. Wie ein gelieferter Brief, nach dem noch niemand gegriffen hat.
Gestrandet in einen noch jungen Tag.
„Ich fühle mich wie gerädert!" erzählte ich im Geiste wichtigtuerisch einem Jemanden, doch die Wahrheit sah halt doch bloß so aus, daß ich es nicht schaffte, mich auf die Füße zu wuchten.
Nun hätte ich es begrüßt, wenn mein Herz plötzlich schwach geworden wäre, so daß ich von jetzt auf gleich völlig verlösch´!

Ich begrüßte den süßesten Ming mit einer tiefempfundenen Umarmung, und erfuhr zu meiner unbändigen Freude, daß ihm das Konzert in Buttforde ganz wunderbar gefallen hatte, so daß Ming eine Geschichte, die er gestern bereits stolz erzählt hat, erneut genußvoll ausbreitete:
Wie ihn das Pröppilein um die ganze Kirche herumgeführt hat, als die Tante Kika auf der Geige spielte. Dann sagte es in der Pause zu den Herumstehenden: „Hm! Lecker!" und rief vergnügt „Bravo!" und patschte in die goldigen kleinen Kinderhändchen.

Unten machte auch Buz mir ein Kompliment zu meinem Spiel.
Es dauerte nicht lange, da kamen Christian und Martha, die sich in bester Urlaubsstimmung befanden, um mit uns zu frühstücken.

Man erörterte das Für und wider der Badestrände und kam überein, den Gästen eine Reise nach Norderney zu empfehlen.
Bis hin zur Sonnenkrem und Kopfbedeckung führten die anteilnehmenden Gespräche, und der Christian machte einen launigen Scherz. Er deutete auf sein bares Haupt und sagte: „Ich bin sehr behütenswert!"
(Man lachte erheitert.)
Leider wurde unser Frühstück schon wieder durch das penetrante Rasengemähe aus dem Oettkenschen Garten molestiert.

Eines lag mir im Magen:
Die Steuererklärung, die von mir erwartet wird. Man möchte sie vielleicht in Angriff nehmen, oder zumindest in Angriff nehmen, sie wenigstens auf die Ausloseliste zu setzen, doch dann fällt einem ein, daß die Unterlagen doch im Auto liegen, mit welchem Buz z.Zt. unterwegs ist – wenn man nicht überhaupt schon vorzufühlen meint, daß sie sich dort auch nicht fänden, da sie auf unerklärliche Weise verschwunden sind?

22 Mails hatten sich angesogen.
Naiv dachte ich kurz, all die Bemalten seien mittlerweile aus dem Urlaub zurück, und melden sich nun reuevollst. Doch nachdem ich den Mailspieß vom Facebook-Scheiß befreit hatte, blieben „nur" noch Mails vom einsamen Rehlein übrig, und daß Frank Golischewski sich über Facebook mit mir befreunden wollte, hatte ich im Schwunge bereits hinweggelöscht. Doch dann fischte ich es wieder hervor, und bestätigte die Freundschaft nett.

Ein freundlicher alter Mann brachte seine Karte zurück. Seine Frau sei leider erkrankt. Aber sie wollten kein Geld dafür.
Wir sollten die Karte weiterverkaufen, und den Erlös als Spende behalten.
Ich schrieb Rehlein einen langen Brief, und schilderte darin unser gestriges Abhängen im „Hirschen".
Die Stammplätze von Würg und Dibke* seien leer gewesen, hatten jedoch dennoch eine Ausstrahlung, als würden unsichtbare und ganz ratlose Gestalten darauf sitzen, denn jetzt, wo man nur noch eilige Künstler aus der ersten Lage engagiert, findet sich leider niemand mehr, der abends mit ihnen abhängt.
*OSL-Mitarbeiter, deren Namen ich ebenso, wie das von der Gegenpartei häufig eingestreute „Künstler aus der ersten Liga" im Briefe witzelnd verdreht hatte
Kaum ist der letzte Ton verklungen, da sitzt der Elitekünstler auch bereits wieder im Taxi nach

Bremen, um seinen Flieger nach LA zu erhaschen. Die liebevoll zusammengesteckten Sonnenblumen hat er liegen lassen, und schon am nächsten Tag würde er das Mitarbeiterteam auf der Straße nicht wiedererkennen.
Dies alles schrieb ich Rehlein.
Bei uns lag das Classic-Magazin mit Patrizia Kopatschinskaja als Titelgirl herum.
Sie bräuche die Musik wie die Luft zum atmen! erfuhr man bereits auf dem Titelblatt.

Vormittags war das Julchen sehr genervt.
Die Orchesternoten, (das Fagottkonzert von Vivaldi) die der Akio geschickt hatte, waren abgängig.
Man hörte sie ernst, fast schroff und sehr mahnend mit Ming telefonieren.
Beim Julchen hat man stets das Gefühl, sich „nicht zielführende Worte" lieber sparen zu sollen.
Besser wäre es, sich dahingehend einzubringen, daß das Problem schnellstens gelöst wird.
Und dann sucht man immer an der falschen Stelle und fühlt sich so unbedarft wie jemand, der immer irgendwie im Wege steht.

Ich fuhr mit Buzen in glitzrigem Sonnenscheine zur Orchesterprobe im Güterschuppen, wo man eine Riesenfreude erlebte: Ute B. war angereist! Ferner begrüßte man sich mit dem halben Jade-Quartett. Han-Lin und Gina. Die Han-Lin hätte ich beinah nicht wiedererkannt, dieweil sie mittlerweile einen modischen Glühbirnenbob auf dem Haupt trägt. Von einem anstrengenden, zum schmollen neigenden kleinen asiatischen Frauchen hat sie sich in eine Dame von Welt verwandelt, die in der schwäbischen Metropole Stuttgart Fuß gefasst hat.

Das Geheimnis um die verschwundenen Noten hatte sich gelöst:
Das verzweifelt gesuchte Fagott-Konzert von Vivaldi hatte sich der Dirigent Franz als Mann der Tat einfach so gegriffen und mitgenommen, um sich nach seiner Ankunft unverzüglich an die Arbeit zu begeben, und niemandem Zeit zu stehlen.

Ich saß eingekeilt zwischen der Konzertmeisterin Han-Lin und der Ute.
Die Gina als junge Mutti ist ein wenig üppiger geworden, und ihre Hände sahen karamellfarben und interessant aus. Stolz trägt sie ihren hellgüldnen Ehering. Sie saß neben dem Christoph-Otto, der als Leitbulle, und mit großer Freude und seinem entzückenden Lächeln die Cellistengruppe anführte, und beständig Dinge anmerkte, denen man gar kein Ohr geschenkt hatte. Und einmal meldete sich die Petra aus dem Bratschentrog zu Wort und monierte, daß man die Sechzehntel ausufernd aufgebauscht gespielt habe.
Solcherart, als wolle ein Huhn sein spitzes Gegacker mit aufgeblähten Wangen vortragen ← nein, dies

sagte sie natürlich nicht, denn dies hätte den Rahmen der Probe gesprengt – ich aber dachte es für sie.
Die Probe mit den vielen Unterbrechungen fühlte sich an, als führe man in stockendem Verkehr über die Autobahn, auch wenn von Seiten der Solisten sagenhaft gespielt wurde.
Nach dem Vivaldi spielten wir mit Ming und Julchen das schöne Doppelkonzert von Bach, zu welchem Zwecke der süße Ming extra ein Keybord organisiert und mitgebracht hatte.

Nach der Probe freute ich mich sehr, daß sich der Christoph-Otto erbarmt hat, mich mit dem Auto nach Hause zu fahren.
Wir sprachen über´s Tagebuchschreiben, und ich erzählte, daß ich leider nicht aufhören dürfe, denn täte ich´s, so würde die Restzeit des Lebens rapide zusammenfallen – im Nu wäre ich 88 Jahre alt und müsste mich fragen:
„Wo sind die vergangenen 37 Jahre geblieben?"
So aber weiß ich´s.
Dann machte ich dem Christoph ein Kompliment dahingehender Natur, daß seine Eltern mit ihm sehr beschenkt worden wären.
Sein Bruder wiederum sei eine Prüfung.
Nun haben sie den Hans-Martin am Bein, der bei seiner Geburt leider zu wenig Sauerstoff abbekommen hat, und können sich nicht einfach dem Alter hingeben.

Abends war ich allein zuhaus, und dichtete auf der Terrasse, währenddessen der schöne Sonnentag einmattete.

Ming saß im Büro, doch als Mann über 50 fühlt sich Ming mit einem Male, zumindest für mich, sehr fern an.
Ich blickte über sein Schulterblatt hinweg auf den Computerbildschirm und mußte bekümmert lesen, daß die Barbara ihren geplanten Leserbrief nun doch streicht, bloß weil der zum Hinwegmildern tendierende Anwalt Reich schon wieder von dieser gloriosen Tat einer mutigen kleinen Frau abriet?

Mittwoch, 6. August

Zwischen grau bewölkt und sonnig.
Abends regnete es

An der Supermarktskasse traf ich Herrn Sieben.
Herr Sieben, trotz seines chronisch schlechten Gewissens, da er nie in unsere Konzerte kommt, mit einem Lächeln behaftet, schien zuzusehen rasch Leine zu ziehen.
Angenehm für ihn schien, daß ich – grad wie bei meinem Vetter Gerhard - auf all die lästig zu beantwortenden Fragen nach seinem Wohlergehen,

seinen Finanzen, seiner Potenz, seiner Kreativität und seiner Brut verzichtete. Doch ohne drum gefragt worden zu sein verriet Herr Sieben, daß er im Januar „pangsioniert" würd.
Und weg war er!

Auf der Terrasse war ein Frühstückstisch aufgebaut worden, und nun wartete man auf Buz und Julchen, mit denen man die Gemütlichkeit teilen wollte.
Ming und ich sprachen über Frau Backes Beckenbruch, bedingt durch eine, unter ihrer üppigen Rubenslast geborstene Schaukel, – kurz nachdem sie mich so nett „Süße" genannt hatte -
und dann entging Buz durch eine glückliche Fügung einem ähnlichen Schicksal.
Auf jenen Stuhl, auf welchen Buz sich *fast* gesetzt hätte, setzte sich das Julchen drauf, und er krachte zusammen! Doch man kam mit dem Schrecken davon.

Orchesterprobe:
Eine Riesenfreude: Die Veronika war gekommen!
Ich erfuhr, daß Veronikas Mutti die Feier zu ihrem 90. Geburtstag noch immer ganz alleine organisiert habe. Dem Bürgermeister und seinem Gehilfen wurde eine köstliche Torte der Firma Bofrost vorgesetzt.
Doch während man sich um uns herum auf den Instrumenten einfitschelte, verharrte die Rede nicht

lange beim Tortengenuss, sondern zog weiter bis zum Jorberg* hin, der jetzt in Paderborn kurt.
"Kuren" in diesem Zusammenhang kann man aber eigentlich nur in Anführungszeichen setzen, da er dort auf Kohlen sitzt.
*Veronikas steinalter Lebensgefährte

Der Wembo war aus Hamburg angereist, und hat sich in den vergangenen Jahren von einem fröhlichen jungen Chinesen mit stets lachendem Gesicht in einen undurchschaubaren Neureichen verwandelt: Er fährt BMW, trägt weiße Zuhälterschuhe, überlegt sehr gut, mit wem er seine Zeit verbringt, und kleidet sich in feinsten Hamburger Herrenboutiquen ein.
Leicht demütigend für den Franz mag´s gewesen sein, daß der Wembo sein über und über kunstvoll verziertes, man möchte fast sagen "tätowiertes" Telemann-Konzert lieber ohne Dirigenten spielen wollte.
Er stellte sich vor das Orchester, und spielte mit großem Ernst und tiefer Hingabe.

Am Abend fand Buzens großer Auftritt in der Kirche von Wittmund statt, dem er seit Monaten entgegengefiebert hatte:
Buzens Franck-Sonate klang im Saal wunderschön und ergreifend.

Die vertrauten Klänge umhüllten und verzauberten mich, und mein Blick war auf die Heinekens gefallen, unsere Nachbarn in der Graf-Enno Straße.
Ganz in weiß gekleidet, gönnte sich das Ehepaar im Duett einen gemeinsamen Kunstgenuß. Man schaut auf den schnieken Herrn Heineken mit seiner weiß glänzenden, elegant-femininen und an den Haarenden großzügig verschnörkelten, wie mit Federstrichen gezauberten Frisur drauf, und wieder mußte ich an den „netten Nachbarn von nebenan" denken.
Er gibt sich jovial – nie hat man ein unschönes Wort von ihm vernommen, - und doch weiß man über diesen Menschen *nichts*.

In der zweiten Hälfte:
Nach der allseitig hochgelobten Franck-Sonate fühlte Buz sich in der Debussy-Sonate noch deutlich wohler, so daß sie zum Triumph gereichte!

Später konnten die Heinekens mich ja doch nicht mitnehmen, da sie in ihrem Auto die Rückbank herausgeschraubt hatten.
Ehefrau Gabi bedauerte dies sehr.
„Es sei denn du legst dich längs hin!" regte sie weltfremd an, da die Gabi sehr an mir hängt.
Herrn Heineken indess schien es wurscht, ob ich nun mitkomme oder nicht.
„War ´n guutes Konzert!" rief er im Vorübergehen in mediokrer nachbarschaftlicher Jovialitesse aus.

Worte, mit denen man kurz angepustet wird, die jedoch nichts bewegen, und denen keine Haftkraft innewohnt.

Ich befrug Frau Schorn nach dem Wohlergehen ihres Mannes Erich, und mußte die Frage repetieren, da das Alter nach dem Suppenhühnchen und ihren Ohren gegriffen hat.
Ihrem Mann ginge es gar nicht gut.
Ich versuchte, tiefe Betroffenheit zu empfinden, denn schöne Worte machen kann ja praktisch jeder.
Er habe es an der Niere, und war drei Tage lang im Krankenhaus, doch seit gestern abend geht es im freudigerweise wieder etwas besser.
Darüber versuchte ich nun von ganzem Herzen Freude zu empfinden.

Donnerstag, 7. August

Der Herbst schien bereits in den Lüften zu rascheln.
    Zuweilen drohte ein Regenguss,
aber am Abend war es plötzlich wieder lieblich und schön. Der Sommer war zurückgekehrt

Wieder stand Pröppisitten auf meiner Agenda.
Am kleinen Tischlein malte ich eine Nase und schrieb *Nase* darunter. Dann zeichnete ich ein

einzelnes höchst elegant geschwungenes Haar wie auf dem Haupt von Herrn Heineken, und beschriftete es. Doch das Pröppilein geht nie groß auf mich ein, so daß ich mich ums Babysitten nicht reiße.

Beim Frühstück erzählte ich von Hanlins schwäbischem Ehemann Hans-Peter, der ähnelnd mir eine Funktion als Babysitter – bzw. Babyfernhalter ausübt, und sein kleines Söhnchen „die Maus" zu nennen pflegt.
Man vertraut ihm den Knirps an, doch der Hans-Peter ist nicht sehr erfahren in dererlei, und schiebt die Kinderkarre demgemäß sehr unbeholfen herum.
„Siehst du denn nicht, daß der Knirps schon im Delirium steckt, weil er bereits halb verdurstet ist?"
„Nöö. I glaub, die Maus hat koi Durschd g´habt!"

Zwei Briefe vom süßesten Rehlein hatten sich angesammelt:
Rehlein leitete eine E-Mail vom Onkel Dölein weiter, und der nachdenkliche Onkel aus Übersee schrieb so rührend, daß er sehr viel – eigentlich ununterbrochen - an uns denken würde, und sich Gedanken und Sorgen macht, wie uns wohl zu helfen sei?
Vorallem Buz mit seinem peinigendem Luftring um die Leibesmitte bereitet ihm große Sorgen, aber auch von meinem Grützbeutel im Munde hatte Rehlein der Verwandtschaft plastisch berichtet, und nun schrieb Onkel Dölein, daß es im Munde gar keine Grützbeutel gäbe!

Schaudernd denke ich mir zuweilen aus, wie es wohl gekommen wäre, wenn ich die Zahnärztin aufgesucht hätte? *Die hätte mir womöglich einen Gesichtsnerv verletzt, so daß ich nun ausschauen würde, als hätte ich einen Schlaganfall erlitten.*
Umso fröher darf ich sein, daß das böse Zahnfleischkarzinom ganz von allein wieder verschwunden ist.

Am Nachmittag stand die Probe mit den vier Jahreszeiten – interpretiert von vier verschiedenen Damen auf dem Programm, und eine von denen war ich.
Spielte man selber, so verging die Zeit wie im Fluge, saß man dann jedoch wieder im Orchestertrog, erbarmungslos dem Probenrausch eines Franz Chien ausgesetzt, so schien sie plötzlich still zu stehen.
Nach einer Weile zeigte sich die braungebrannte Doris, die als Winter-Interpretin angemietet worden war, und leider eine wenig sympathische, zankerprobt klingende Stimme hat, die mir nicht so leicht ins Ohr geht.
Hinzu pflegt sie im Vorfeld der Sommerplanungen immer nur eilige Dürrzeiler zu schreiben, und daß jemand, der so besonders unmusikalisch klingende und gänzlich formlose Dürrzeiler schreibt, als Künstler angesehen zu werden wünscht, ist mir ebenso unbegreiflich, wie jemand, der geräuschvoll Fleisch auf dem Teller zu zerlegen pflegt, und eine Laufbahn als Musikinterpret einzuschlagen gedenkt.

Den Winter von Vivaldi spielte sie gewiss nicht schlecht, aber daß Ming so kunstvoll am Keybord agierte, schien ihr gar nicht aufzufallen. Sie faselte was von „klirrender Kälte", und schüttelte sich zur Untermalung dieser Worte, während ihre Lippen ein langgezogenes schubberiges „Brrrrrr" zusammen flatterzüngelten, damit es auch die simplen asiatischen Hascherln verstehen, mit denen man das kleine Orchester aufgestockt hatte, und setzte ein Honigkuchengrinsen auf.
Und dabei fühlte man doch so quälend deutlich, wie grundwurst man ihr im Grunde ist.

Ich spielte meinen „Sommer" so schön ich konnte, – und ausgerechnet da hörte Buz nicht zu. Für den Frühling von Julia Kim nahm er sich dann allerdings zehn Minuten Zeit.
Später bezickte die Doris Buzen damit, daß ihr niemand gesagt habe, daß sie im Orchester mitspielen solle.
„Ich fühle mich total benutzt!" sagte sie zwiefach kiebig und aufdringlich unhilfsbereit auf schwäbisch.
Buz gab gleich klein bei, und konnte stattdessen unsere wahre Freundin Veronika für diese Tätigkeit gewinnen.

Der Christoph fuhr mich wieder nach Hause, und erzählte zu meiner Bestürzung, wie er einmal „das etwas andere Festival" besucht habe. Kirsche habe

ihn mit enthusiastischer Ausstrahlung willkommen geheißen, und man sprach „nur über Musik".
Eine Frau habe ausgerufen: „Herr Baier! Sie hier?? Wollen Sie Herrn König ärgern?"
„Da staunt man doch, wie man wahrgenommen wird!" sagte der Christoph
Ferner erzählte er mir, daß seine knapp 13-jährige Tochter Mira immer so wahnwitzig spät ins Bett zu gehen pflegt, und demzufolge morgens auch wahnwitzig lange schläft. Sie schert sich keinen Deut um die Vorgaben der Eltern, und beschreitet nur jene Wege, die sie für richtig hält.

Ich radelte zu Netto, und empfand die Radelei durch den lauen Sommerabend als angenehm - so angenehm, daß ich es hernach nicht übers Herz brachte, mich in der Wohnung aufzuhalten. Ich schleppte ausgelesene „Sterne" vom Dachgebälk herab, um es mir vor unserer Haustüre gemütlich zu machen, und fühlte Fröhe und Dankbarkeit, daß die Gerda nicht daheim war, und das Kasperletheater am Balkon heut Ruhetag zu haben schien?

Die Wetterlage des Tages erinnerte mich im Nachhinein indirekt an den alten Herrn Schüt, Buzens letzten väterlichen Freund, der im März im Alter von 96 Jahren verstorben ist:
Herr Schüt hatte einen gleichaltrigen Freund, Herrn Vargas, der sich geschworen hatte, sich niemals dem Alter hinzugeben. Vor sich selber dran tat er immer

so, als sei er erst 23 Jahre alt, und machte somit jeden Spaß und jeden Unsinn mit, und diesen Menschen wiederum hatte sich der alte Herr Schüt zum Vorbild genommen.

An einem Abend vor nicht allzu langer Zeit saß Herr Schüt, altgeworden und müde, im Sorgenstuhl. Die Augen fielen ihm zu, der Unterkiefer löste sich vom Oberkiefer, die Seele schwebte in die Höh´, er wurde leichter und leichter, und stak schließlich nur noch zu einem Neuntel im Körper.

Doch plötzlich wurde dieser so überaus angenehme Zustand durch rohen Telefonschrill jäh beendet.

„Fritz, altes Haus! Morgen früh! Radeln an der Küste! Bist du dabei?" schien ihm Herr Vargas durch den Telefonhörer hindurch kumpelig auf sein morsches Schulterblatt zu hauen.

Herr Schüt war noch ganz benommen, und mußte kurz durchatmen. Doch dann sagte er: „Na klar bin ich dabei, was denkst denn Du?!"

Diese kleine Episode aus dem Leben erzählte mir Herr Schüt einst, als er mich auf einer Friedhofsbank sichtete, und - der langen Vorrede kurzer Sinn:

In gewisser Weise sah es heute so mit dem Wetter aus: Der Herbst schien den Sommer bereits eingefangen und weggesperrt zu haben, um sich selber vorzudrängen. So wie das Alter die Jugend – doch dann ließ er den Sommer doch nochmals frei…

Freitag, 8. August

Sonnig, so doch
zuweilen leicht wolkendurchwachsen

In der Waschkammer sagte das Julchen:
„Darf ich Dir etwas geben?"
Das Julchen hatte die Hände mit Dukaten gefüllt –
jenen, die vormals achtlos auf der Küchenanrichte
herumgelegen waren.
Nun aber schien ein sinnvoller Verwendungszweck
auf sie zu warten:
Die gold- und silberschimmernden Dukaten wollten
in knusprige Brötchen umgewandelt werden.
Ich lege immer einen Feuereifer an den Tag, den
jungen Leuten wenigstens ein bißchen nützlich zu
sein, und spurtete auch augenblicklich los. Doch in
der Tom-Brook-Straße kam mir überraschend der
süße Buz mit einer prallgefüllten Brötchentüte
entgegen, und nur das „weiche Brötchen" für das
Pröppilein mußte ich noch besorgen, und spielte bei
dieser Gelegenheit auch noch €uro-Jackpot. Doch
ich hatte keine Muße, mir Zahlen auszudenken, und
legte somit auch keine Hoffnung hinein.

Wieder daheim frühstückten wir nun sukzessive wie
in Amerika.
Buz mit einer eilig zusammengeschmierten Brotzeit
saß im Wohnzimmer am Tische, und draußen im

Sonnenscheine ergötzte man sich am Pröppilein, und dann saß ich tatsächlich mal sehr nett mit dem Julchen da, und erzählte, wie die Doris gestern herumgezickt habe.

Ich erfuhr, daß die Doris über den Rand ihrer Violine hinaus geblickt, und sich zur Heilerin hat ausbilden lassen.

Da war ich gerührt, und schwieg beschämt.

In der Probe.

Hinter mir saß die Veronika, und der Steg auf ihrer Dünnwald-Geige schaute leider wellig und verbeult aus. Knallt er um, so ist die Geigendecke zerstört, mehrere 10 000€ sind im Arsch, und vorallem würde die schüchterne Veronika bei diesem Knall alle Blicke auf sich ziehen.

Orchesterprobe in der neuen Kirche Emden.

Wir probten sehr lang, obwohl der Franz innerhalb dieser Länge eilig und höchst stringent wirkte. Dirigierte er das eine Werk, so beschäftigte er sich im Geiste bereits mit dem Nächsten, und außerdem dirigierte er im Frühling der Jahreszeiten sogar die „Tränen des Hirten" auf eine Weise, als habe er ein Taktell verschluckt.

Schließlich aber galt´s, sich umzukleiden.

Ich stand vor dem Treppenhaus und benutzte Irmas schönes Kleid als Sichtschutz: Mein Wonderbra war sehr eng. D.h., wenn man ihn vorne einhakte, so ließ

er sich kaum um die Körpermitte drehen, und die Hügel hingen somit auch noch hinten nach unten, weil ich mal wieder nicht nachgedacht hatte.
Die Doris hat ja einen gigantischen Po bekommen!
Sie trug ein peppiges, modernes Kleid, und ich bescherzte Ming damit, daß er jetzt sagen könne: „Du mußt dich noch zurecht machen, Mädchen!"
Worte, die einst Omi Ella benutzt hatte, als sich ihre Schwiegertochter kurz vor der Eheschließung in ein schlichtes Kostüm gezwängt hatte.

Ich hatte mir etwas für die nächsten Jahre ausgedacht, wenn wir eines Tages wieder die vier Jahreszeiten aufführen: Wir könnten sie dann folgendermaßen besetzen: Der Frühling wird von einem kleinen Kind, der Sommer von einem jungen Menschen, der Herbst von einem reifen Menschen und der Winter von einem Greisen interpretiert.

Nach dem Konzert:
Die Veronika mit dem verdeckten Schwäbisch einer reifen Dame, die nach Norddeutschland gereist ist, fühlte sich so verwandt an, wie einst Omi Mobbl. Doch kaum hatte ich sie als wohlgelittenen Gast mit nach Hause gebracht, da brach sie allzu bald schon wieder zu ihrer Pension auf, und auch wenn´s traurig war, ließ ich sie ohne große Worte ziehen, da sie durch den Jorberg ja nun wirklich sehr angekettet ist.

Nadia Reich, für das Abschlußkonzert angemietete Solistin, ließ per Mail anklingen, daß sie eine Mandelentzündung habe. Ihre Vorberbeitungszeit als Tschaikowski-Interpretin dünnt aus, und so würde sie es begrüßen, wenn man einen anderen Cellisten fände.
Der Hao, ebenfalls per Mail, versucht beständig zu fragen, wieviel Geld er denn nun bekäme?
„450 €" bot man ihm an.

Samstag 9. August

Zunächst nieselnd.
Hi und da Sonnenschein,
und am Abend wurde es wieder richtig schön

Auf dem ovalen Tisch in der Stube lag eine Kritik über Buz, die zum Glück sehr liebevoll gehalten war, so daß man sie trotz der chronischen Zeitknappheit gerne las, und auch gerne hörte, als sie nach einer Weile erneut verlesen wurde:
Buz wurde mit stehenden Ovationen für sein Lebenswerk geehrt, so erfuhr der interessiert Lesende, und auch seine Qualität als Geiger, und der schöne Klang seiner Violine wurde lobend hervorgehoben, so daß Buz die Gespräche in freudiger Verlegenheit auf Geigen lenkte, statt sich

weiter in den warmen Worten über sich selber zu suhlen.

Die Geige von der Han-Lin habe sehr edel geklungen: Eine gute, alte deutsche Geige.

Auch jene von der Doris habe gut geklungen, wenn auch im Diskant vielleicht etwas kiebig?

Nein, ganz so in diesen Worten hat Buz natürlich nicht gesprochen, ich aber wies lachend darauf hin, daß doch die Geigen alle genau so klängen wie ihre Besitzer, bzw. in diesem Falle „ihr Frauchen".

Es sei grad so wie mit Hunden, und drum kommen ja so viele Leute „auf den Hund"! Der Hund nimmt einfach den Charakter und den hinzugehörigen Gesichtsausdruck seines Herrchens an, und unglücklicherweise haben manche Geiger eine eher unschöne Stimme. Z.B. eine kiebig fordernde Ehehälftenstimme, - womöglich des Fischers Fru, die uns allen innewohnt, geschuldet? - und die sich nun in ihrem Violinklang niederschlägt, auch wenn man sich ja Mühe gäbe, dies unerwünschte Phänomen so gut es eben geht, durch Veredelung unkenntlich zu machen.

Julia Kim habe eine häßliche Stimme, meinte Buz, doch die von der Doris gefällt mir noch weniger. Vielleicht scheint´s mir aber auch nur so, weil ich von dieser Stimme noch nie etwas Gescheites gehört habe, das sich nun rühmend ins Tagebuch eintragen ließe.

Gleichwohl aber hatte Julia Kims „Frühling" Buzen sehr gefallen, und daß der zweite Satz laut

Christoph-Otto überhaupt nicht zusammen war, schien Buzens Ohr, ähnelnd dem meinen, verborgen geblieben zu sein.

Man sollte den Blick jedoch für das Schöne schärfen, und so bekam die Doris heut ein Kompliment für ihre Füße von mir. Genaugenommen handelte es sich dabei aber um die knallig bunten Fußnägel, die an den zartgebräunten Füßen alle Blicke auf sich gezogen hätten.

Man verlor ein paar Worte über ihre üppige Figur, und das Julchen meinte launig, sie wirke wie eine reife Frucht, die endlich gepflückt werden müsse.

Ich schrieb eine Mail an den Konrad, den, als Familienoberhaupt ich frug, ob man seine Frau als Cellistin für das Abschlußkonzert mieten dürfe, und hernach übte ich lange an meiner Mozart Sonate herum. Doch was genau ich da übte, erschloß sich leider nicht, und so staute sich die Zeit, die sonst so luftig vorbeihuscht, erdschwer.

Das Pröppilein weinte einmal laut und barmend, weil die Mami abgängig war, doch dem rührenden Ming gelang's, das Wammerl zu trösten. Es stand auf meinem Geigenkasten, und die possierlichen kleinen Füßlein hatten sich so malerisch auf die Kastenoberfläche draufgesogen.

Doch nachdem es wieder froh gestimmt, und Mutti Julchen wieder zurückgekehrt war, ging es bei uns weiterhin laut her: Ming übte den türkischen Marsch, ich das Haydn-Quartett, und das Pröppilein schaute im Windschatten vom Julchen „die Sendung mit der Maus".

Dann kleidete Papa Ming das Pröppilein an, und über eine schlafanzugshosenartige Hos habe das Pröppi gesagt: „Disschööönn!"

Schon ist man so weit, daß man alles, was das Pröppilein so sagt, augenblicklich rapportieren will.

Über das süße Pröppilein mit seiner wunderbar warmen, duftenden Haut sagte das Julchen so nett: „Wenn ich das Baby im Arm hab, ist meine Welt in Ordnung!"

Ute B. und ich besuchten die Veronika bei Frau Hansen, deren kleine Pension direkt gegenüber vom Schwesternheim steht, und die Veronika öffnete uns eigenhändig. Der Abend (noch hell) war so schön, und ich konnte mich kaum vom Tage trennen, so daß es mir nicht so ganz recht war, daß uns die Veronika nun in ihr Zimmer bat, auch wenn das ein wirklich schönes kuscheliges Zimmer war, mit vielen, liebevoll im Tinnefladen ausgesuchten Kleinigkeiten geschmückt und verschönt.

Die Veronika wartete auf einen Anruf, der tatsächlich nicht sehr lange auf sich warten ließ, doch dann war sie gleich so wüst und ungeduldig zu Herrn Jorberg, weil er nicht recht begreifen konnte, daß sie jetzt gerade keine Zeit für ihn hatte.

„Ich habe grad Besuch bekommen. Kannst Du das nicht verstehen?" sagte die Veronika höchst nervös und ruderte mit einem Arm.

„Herzliche Grüße – unbekannterweise!" sagte die Ute in ihrer eher tiefen Stimme so nett.
Was aber, wenn dies für die Ohren vom Jorberg so geklungen hat, als sei ein junger Herr im Zimmer? Noch eine andere Eventualität, die passieren *könnte*: Die Veronika verspricht dem Jorberg ein Gespräch um 21.30, doch in Ostfriesland ist es lange hell. Was, wenn sie plötzlich auf die Uhr schaut, und es ist 22:55?

Sonntag, 10. August

Regentrübe und grau.
Der Sommer schien vorerst vorbei,
doch am Abend setzte eine hinreißende Beleuchtung ein, in deren Folge Ming sogar das Julchen
anrief, um es auf diese
Schönheit der Natur aufmerksam zu machen

Ich träumte etwas der folgenden Art:
Die Weimers waren in ein Mehrfamilienhaus auf Baltrum gezogen, und im ehem. Kindergartenraum mit den sahneweißen Wänden hatte man jene Wandverstrebungen beibehalten, wo die Kinder einst ihre Mäntelchen aufgehängt hatten.
Hier nun hängte ich meine Violine an die Wand.
Frau Weimer bereitete in der Küche das Mittagessen zu, und erlaubte mir, mich ganz so zu benehmen, als sei ich hier

zuhause. *Man hörte das Bruzzeln und Zischen das eine erstklassige Hausfrau zu umtönen pflegt, und dankbar sog die Nase den köstlichen Bratenduft ein.*
Und auch wenn ich soeben mit dieser angenehmen Erlaubnis bedacht worden war, mußte ich nun etwas wehmütig darüber nachdenken, daß der einzige Ort, an dem man das Gefühl hat, man könne für immer bleiben, und sich hinzu völlig zuhause fühlen darf, das Elternhaus ist.
Dann erhob ich mich und setzte mich im übertragenen Sinne „wie ein gewisser Jemand" (Kirsche) „ins gemachte Nest", nämlich an den Frühstückstisch.
Liebe Hände hatten mein gestriges Combi-Baguette aufgewärmt, und man sprach soeben über Uwe Mundlos, und auch darüber, was Beate Zschäpe wohl für eine grässliche Person sei?
„Man sieht´s kommen, und sie kommt mit drei Jahren auf Bewährung davon", grauste sich Buz.

Befremdlich: Auf mein Gesuch, seine Frau für das Abschlußkonzert zu mieten, ist der Konrad noch mit keinem Wort eingegangen. Etwas, das doch gar nicht zu ihm passen will?
Liebe Franziska!
Ich kam nach Hause, und nichts war mehr wie es war: Man teilte mir mit, meine Frau sei verhaftet worden…
Rührend ist, daß Julia Kim unserem Pröppilein ein wunderschönes Legospiel geschenkt hat, und das, obwohl sie in ihrem kleinen Orchester in Baden bei

Wien grad ebenmal so viel verdient, daß man niemanden um Geld bitten muß.

Das Julchen hatte sich gestern ausbedungen, zwei Stunden lang konzentriert und ungestört zu arbeiten, währenddessen Ming das Pröppilein bei Laune halten müsse.
Ein bißchen fühlte es sich an, als solle Ming zu einer Strafarbeit verdonnert werden.
„Dann kümmern wir uns um das Pröppilein!" rief ich frisch und hilfsfreudig.
„Nicht „wir"!" sagte das Julchen noch, und färbte diesen Kurzsatz mit einiger pädagogischer Schärfe ein, damit Ming „es" lerne.

Auf meinem Schreibtisch fand ich einen Brief von der Tante Irma, der schon seit etwa zehn Monaten auf mich gewartet hatte.
Jetzt bin ich 77! schrieb die Irma.
Mehrere Gleichaltrige haben mich angerufen, und alle erzählten mir lang und breit ihre Krankengeschichten. Aber nach *meiner* ***Krankengeschichte erkundigte sich niemand. Da war ich schon ein bißchen sauer!***
So schrieb die Irma, und später machte ich mir meine Gedanken, ob Rehlein wohl auch unter diesen Anrüferlingen gewesen ist?

Fahrt nach Leer:
Im Auto sprach man über das gestrige Jazz-Konzert. Gestern noch hochgelobt, war es von Herrn Budde, einem Herrn, der doch zweifelsohne etwas davon versteht, offenhörlich nicht so besonders gefunden worden.

Wir kamen an einen Ort, wo ich noch niemals war.
Auf einer Rasenfläche erhob sich ein schlankes, hohes Schloß mit steilen Treppen, und einen Diener hatte man ebenfalls aufgestellt:
Den jungen Martin Hendricks.
Bald zeigte sich ein erster Lauschgast:
Der Dichter Eike Berner.

Die Räume fand ich so schön, wenn auch die hohen Wände alt und renovierungsbedürftig mit tiefen Rissen verunziert waren.
Doch dies störte mich nicht.

Eine Dame erzählte Ming vom Steinhaus in Bunderhee, wo von Seiten der oberen Bosse angeblich so viel Geld hineingeflossen sei, doch davon sähe man leider gar nichts!

Sehr kühn spielte auch der Tone einige Sätze von Mozart-Sonaten auf dem Klavier.
Die Herta, seine Haushälterin, eine Dame mit einem Herz aus purem Gold, ist leider alt geworden und

hat hinzu ein ganz kleines, welkes und zusammengezogenes Mündchen bekommen.

In der Pause wartete auf die Veronika ihr allabendliches Telefonat, und mit dem Händi am Ohre und den ineinandergewinkelten Beinen, von denen nur eines als Standsockel genutzt wurde, und auf der Erde stand, hielt sie sich leicht vom pulsierenden Leben der Sommergäste, die sich auf dem Rasen verteilt hatten, absentiert, und schaute direkt aus wie ein kunstvoller Scherenschnitt, oder aber eine Zeichnung von Wilhelm Busch.

Je lauter und ärgerlicher man werden mußte, desto weiter entfernte sie sich auch, und ich warf ihr ein Kußhändchen über die Straße für den Jorberg zu, mit dem man die ärgerliche Diskussion eventuell ein bißchen hätte mildern können?

„Da ist soeben ein Küßchen für Dich über die Straße geflogen!"
„Biddö?"
– *„"* –
„Ein Pfirsich?"
(Die konsternierten Runzeln auf Jorbergs Stirn scheinen sich durch den Duschkopf des Telefonhörers hindurch in Veronikas Nerven zu bohren.)
„Ein KÜSS-CHEN!!!"
„??Verstehe nicht…."

Ein Blick in den Himmel deutete an, daß es vielleicht gleich losduschen würde?

Ich begab mich zu den Sommergästen zurück, und hörte, wie Buz mit einer Dame über das gestrige Jazz-Konzert mit Johanna Borchert sprach, und die Dame schien Worte wiederzukäuen, die mir aus der vorhergehenden Autofahrt mit Herrn Budde noch sehr bekannt vorkamen.
Der sonnige Buz aber lobte das Konzert. Es habe ihm gut getan!
Und somit gefiel es *mir* ungehörthabenderweise im Nachhinein auch.

Neben dem Eingang zum Konzertsaal befindet sich ein sehr kuscheliger Raum mit Chaiselongues, Ölgemälden und Stammbäumen an der Wand. Zu vorgerückter Stund´ wurde er auch noch mit Kerzen geschmückt, und von dort aus lauschte ich halbschlummernd dem Fortgang des Konzerts.
Als Herr Budde Mozartbriefe zum Tode von Mozarts Mutter verlas, herrschte auch nach so vielen Jahren noch eine angespannte, bedrückte Stille im Raum, denn viele von uns, darunter auch der Tone selber, haben ja bereits den Verlust einer Mutter zu beklagen, so daß die niederschmetternden Zeiten, als die frisch Verstorbene der Beweinung preisgegeben auf dem Katafalke lag, in eine beklemmende Nähe herbeigerückt wurden.
Buz meinte später gar, der Tone habe den langsamen Satz von der a-moll Sonate anrührend und bewegend vorgetragen. Im Gegensatz zu manch anderem Werk, das von berufenem Ohre wiederum als leicht

stümperhaft empfunden worden war. Überstülpt lediglich von einer Glocke adeliger Unantastbarkeit. Ich machte dem Tone noch rasch eine kleine Zeichnung in sein Gästebuch.

Der Vollmond, eben noch klar zu sehen, war in sein Wolkenbett gestiegen, so daß man nur noch ein winziges Eckchen seiner Glatze blitzen sah.

Spät abends daheim:
Im Kabüff sah man das müde, fleißige Julchen sitzen.

Manchmal versank Buz in eine dumpfe Denkerpose, und dann erzählte er, wie er gegen die Ministerin vorgehen wird: Das Glacéhandschuhgebaren eines Anwalt Reich langt ihm so allmählich!

Montag, 11. August

z.T. sonnig – mittags zuweilen aufwirbelnder Wind und Gewitteranwandlungen

Der Musikalische Sommer fühlt sich für mich an wie ein breiter See, den man durchschwimmen muß, um ans andere Ufer zu gelangen. Doch am anderen Ufer wartet ja auch nichts als finanzielle Not.

Zwar liegen in meinem Schrank 1030 zusammengesparte €uros – theoretisch der freien Verjubelung anheimgestellt – doch mit jedem einzelnen aufgetürmten €uro wird das Gewebe der Erbmasse vom Onkel Rainer* in mir nun dichter. Auf beklemmende Weise wir einem klar, daß dies stattliche Sümmchen augenblicklich hinwegschmilzt – sollte man auf die Idee kommen, es in die Sonne zu stellen.

*Ein höchst sparsamer Mann

Nein – der Konrad hatte auf das Mietgesuch für seine Ehefrau noch immer nicht geantwortet, so daß mich düstere Ahnungen beschlichen, mit denen ich Buz nun beplapperte: Es könnte zwar im besten Falle sein, daß er zu einer dreitägigen Wanderung aufgebrochen ist – wahrscheinlicher aber wäre, daß er, der jeden Brief postwendend und knapp, auf den Punkt gebracht zu beantworten pflegt, gestorben ist! Der jähe Herztod des Mannes ab 40.

Dann zeigte ich Buzen eine Postkarte mit einem Gemälde von Werner Weckwerth – ein sahnig eingeschneites Waldstück in Sonnenschein, an einer Stelle höchst künstlerisch mit einem roten Tupfer versehen.

Dieses Bild sei von einmaliger Schönheit, schwärmte ich gerührt. Und Buzen gefiel es auch.

Mittags kochte das Julchen, und ich passte derweil aufs Pröppilein auf.

Auf all meine Anregungen, so kindgerecht und liebevoll sie auch vorgetragen werden, springt das Pröppilein nie so recht an, und so saß es eben wieder auf meinem Schoß, und schaute die Sendung mit der Maus weiter. Manchmal patschte ich mit ihren Händchen, und atmete genußvoll den zarten Duft ihrer goldenen Löckchen ein.
Später wurde auf der Terrasse das Essen serviert.
Es gab Blattspinat, Kartoffelpürée und Fischstäbchen, und einmal wandte sich das Julchen an Ming, um ihm eine organisatorische Frage zu stellen.
Auf früchtebröterne Weise antwortete Ming zunächst etwas ausweichend, indem er eine großzügige Schlinge um die Frage zog, an deren Ende die

Antwort vielleicht gehangen wäre, doch das Julchen sagte sachlich auf juristendeutsch: „Beantworte mir bitte meine Frage!"

Mittags:
Die Veronika lief noch eine kurze Weile in Buzens Schlepptau mit, und wirkte hernach wie abgehalftert. Man hatte gemeinsam in der „Börse" gespeist, wahrscheinlich über Violintechnik gesprochen, und als kleine Erinnerung dessen klebte der Veronika noch ein Salatblatt am Zahn.
*Leicht alternativ behauchtes Kuschellokal in Aurich
Jetzt war etwas frischeres musikalisches Federvieh des Weges dahergeschritten, und die Veronika wollte wahrscheinlich nicht so aufdringlich an ihrem Guru kleben, und besuchte stattdessen die Aula im Güterschuppen.
Etwas später:
Vorsichtig und feinfühlig hatte die Veronika bei Buzen angefragt, ob sie wohl etwas vorzeitig in die Vakanz entlassen werden könne, um mit ihrer Schwester wandern zu gehen?
„Ich schwanke zwischen Schwesternliebe und der Liebe zur Musik!" sagte sie so rührend.
Der Jorberg in mir verstand die Worte jedoch mit Fleiß etwas falsch:
„Ich schwanke zwischen Schwester und Liebe!"
Buz tat jedoch so, als würde jeder Bratscher dringlichst gebraucht, und schon wieder mußte sich

die arme Veronika fühlen wie das sprichwörtliche Fröschlein zwischen zwei Entenschnäbeln.

Wir probten für den Streichquartettabend und begannen die Probe mit dem vierten Satz vom Borodin-Quartett.
Doch es fehlte der Franz, so daß sich das Werk anfühlte, wie eine quadratisch angelegte Treppe, auf der man eigentlich in die Höhe steigen möchte – doch jede vierte Treppe fehlt, und statt ihrer klafft nur ein ratlos stimmendes Loch.
Die Veronika saß dabei, lauschte uns und schien jedoch sehr müde.
Ich als Geigende spielte natürlich *nur* für die Veronika, wenn ich aber mal zu ihr hinlugte, so saß sie schlummernd da, und nur als Franzens Verbleib erörtert wurde, kam etwas Leben in sie:
Er habe gesagt, er müsse dringend weg, und seither versuche Buz beständig und vergebens seinem treuen Jünger hinterherzutelefonieren, um zu fragen, wann welcher Schüler käme?
Dies schien mir alarmierend, und ich rechnete gleich bedrückt zusammen, *daß der unbekümmerte Buz unbedacht ein kränkendes Wort hat fallen lassen, worauf der sensible Franz dem ganzen Sommerspektakel den Rücken gekehrt hat?*
Später erwischte ihn dann die Petra auf ihrem Händi.
„…gut. Dann kommst du gleich!" hörte man sie sagen, und alsbald drückte ihre Mimik Befremden und Skepsis aus: „Dat is ja 'n Ding!"

Es war so – dies wurde erörtert, als der Franz wenig später bei uns saß -, daß der Doris zu Ohren gestiegen war, der Franz verfüge über modernste Aufnahmegerätschaften. Da lotste sie ihn gleich in die Stadthalle, um ein paar Aufnahmen von sich zu machen.

„<u>Sehr</u> ungern!" habe der Franz gesagt, da er ein ordentlicher Mensch mit klaren Prinzipien ist, und hinzu bestrebt war, pünktlich zur Probe zu erscheinen, doch die Doris, in deren Hierarchie die Gelben etwas niedriger zu stehen scheinen, so daß einem gelben Wort weniger Gewicht beizumessen ist, nützte ihn schamlos für ihre Zwecke aus, und die Aufnahme dauerte hinzu viel länger als veranschlagt.

In einer verschwindend kleinen, fast besenkammerartigen Übzelle im Güterschuppen fühlte ich mich wie eine Studentin in einem ganz fernen Land. Als ein Gewitter im Anmarsch schien, mußte ich die Dachluke schließen, und drohte bald darauf an Sauerstoffmangel einzugehen, so daß dies Buch hier an dieser Stelle theoretisch enden könnte.

Anna J. lud Buz und mich in die „Börse" ein, wo wir alsbald zusammen mit ihren beiden Töchtern zu Tische saßen. Die Marie mit ihrer dunklen Hornbrille erinnerte mich an eine junge Nonne, da sich die herabfallenden Haare wie ein gebügeltes Tuch über ihren Kopf hinweg ergossen, und ist hinzu ganz ernst geworden, und die kleine Caroline

mit ihren langen dunkelblonden Locken, und dem leicht in die Höhe gebogenen Näschen wirkte fröhlich und pfiffig.
Die Anna vertritt sehr lehrerinnenhafte und strikte Grundsätze, die ich z.T. seltsam und befremdlich finde. Strikt und friesisch unbeugsam vorgetragen. Z.B. daß man die *eine* Musikstunde pro Woche in der Schule nicht mit Notenlesenlernen, sondern lieber mit Singen und Nachahmen verbringen solle.
„Aber Noten sind doch schnell gelernt. Hallooh?!?" wunderte ich mich wie in einer RTL-Doku.
„In Taiwan wäre dies undenkbar!" fügte ich, entsetzt über diese Simplizität, hinzu.
„Da sprechen wir wohl von zwei verschiedenen Kulturen?" gab sich die Anna spröd und unerschütterlich in ihrer einzementierten Meinung.
Buz wollte die kleine Familie dazu inspirieren, den abendlichen Kabarettabend mit Frank Golischewski zu besuchen, doch die Anna meinte auf strikte und unbeugsame Weise, daß der kleinen Caroline das nötige Hintergrundwissen für das Kabarett fehle.

Nach dem Kabarett in der Stadthalle gab´s einen Skandal:
In der Pause wurden ohne Rücksprache mit dem Veranstalter Ming Sekt und Häppchen verkauft – zu gewohnt schamlosen Preisen - und die von Ming bestellte Ausschanksfirma mußte unverrichteter Dinge wieder abziehen.
Ming rechtete mit einer groben Dame herum.

Die Dame sagte multipel: „Es hat keinen Zweck, daß wir diskutieren. Wir kommen da auf keinen gemeinsamen Zweig!"
Ming tat mir so leid. Aber Maren und Sarah, zwei freundliche kleine Engelchen aus unserem Team, zeigten ein Herz für Ming, und trösteten ihn liebevoll.
Ich liebte den süßen Ming unglaublich!

Spät abends in der „Börse":
Buz und Christoph-Otto unterhielten sich darüber, wie ein Herr gestern in seiner Eröffnungsrede für das „etwas andere Festival" gesagt habe, daß man dank Prof. Kirschneroth in Ostfriesland nun ein nie gekanntes Niveau genießen dürfe!
Dies sagt ausgerechnet er, der doch eine Symphonie nicht von Staubsauger- oder besser gesagt Huulbesengeheul zu unterscheiden vermag, und hinzu keine Noten lesen kann, da es ihm an der nötigen Intelligenz gebricht.
Doch in den Köpfen vieler sind die klobigen Worte, vorgetragen von einem Herrn in Anzug und Krawatte, und hinzu mit plattdeutschem Einschlag in der Stimme, nun als Saat eingepflanzt.

Dienstag, 12. August

Spätsommerlich. Leicht abgekühlt. Sonnig.
Am Abend am Horizont graue Wolken

„Sie hat „Mäh, mäh!" gesagt, und auf das Schaf gedeutet! - Alles was sie sagt ist klug!" erzählte der stolze Ming Buzen, und zu mir sagte er wenig später, daß Buz so entzückend mit dem Baby spiele.
Tatsächlich führte das kleine Pröppilein seinem Opa soeben vor, wie es auf dem Holzroller zu fahren versteht, und auf das rosa Jäckchen in dem es stak, war hinten ein riesengroßes rotes Herz draufgenäht.
Auch ich duschte schneller als sonst, um keine Sekunde mit dem Pröppilein zu verpassen, wie ich Ming hernach lachend berichtete.
Ming wollte mich dazu animieren, noch schnell Marmeladen und Butter zu besorgen, so daß ich in meinem Eifer dummerweise nicht mit Weile eilte, sondern einfach so in meinen Pullover einfuhr, was zur Folge hatte, daß er a) falschrum, und das untere T-Hemd hinzu seitenverkehrt saß! Ich fluchte laut.

Ich tippte Rehlein noch eine kleine Mail:
„Drei Sekunden um Dir zu schreiben, daß ich dich liebe!"
Dann wurde der Schrieb doch etwas länger, und ich berichtete von Veronikas Mutti, die den 90. Geburts-

tag selber ausgerichtet habe, und vom Jorberg als Geburtstagsgast auf Bewährung.
Unter großem Vorbehalt hat sich Mutti Himstedt weichklopfen lassen, ihn zu empfangen, wenn man auch damit rechnen mußte, ihre zweite Tochter Franziska könne augenblicklich umkehren, wenn sie ihn sieht? Unschöne Telefonate in der Vergangenheit haben leider dazu geführt, daß dem Verhältnis zwischen Schwager und Schwägerin nun eine sehr unschöne und unangenehme Verlegenheit anhaftet, so daß man geneigt ist, sich aus dem Wege zu gehen.
Doch dann kam alles anders als gedacht:
Der Jorberg befand sich in Höchstform, entzückte die Damen reihum, und auch die Franziska habe über seine Späßlein gelacht – und dies sei überhaupt das allerschönste Geburtstagsgeschenk gewesen!

Ich telefonierte mit dem Friedel:
Fröhlich berichtete der Friedel aus seinem Alltag: Die Rosa befand sich auf einer Steuerberaterschulung, und der Heiner hat bereits die 6. Freundin in diesem Jahr.
Mit dieser sechsten dauere das Glück immerhin bereits zwei Wochen an, bemerkte der Friedel anerkennend, und einen launigen Spruch trägt der Heiner auch auf den Lippen:
„Muß ich mir den Namen merken?"
Der Rainer habe nach der OP seine Stimme verloren, und somit hört man leider so gar nichts mehr von ihm.

Mittwoch, 13. August

> Ganz sporadisch zeigte sich die Sonn´,
> und einmal durfte man
> einen Regenbogen bestaunen.
> Hin und wieder Regen

Buz hatte gewissenhaft den Tisch gedeckt, doch uns waren eben mal zwanzig Minuten Frühstücksbehagen beschieden.
Und nun erinnerte Buz sich plastisch an vergangene Zeiten in Taiwan:

Historische Erinnerung aus dem Jahre 1971:

Der junge Ming begann seinen Tag normalerweise in der Frühe mit Klavierspiel, und oftmals stürmte er das Elternschlafzimmer, um Papa Buz nach einem Ton in seinen Noten zu befragen.
(Einige Noten hatten so viele Hilfslinien, daß er sich genötigt sah, einen Erwachsenen zu konsultieren.)
Buz gab verschlafen Auskunft, und hatte den Mund noch nicht geschlossen, als drei Stockwerke tiefer das Klavierspiel erneut aufbrandete.
Und seine lichtgeschwindigkeitsartige, wissenschaftlich nicht zu erklärende Flinkheit hat Ming nämlich beibehalten! Man hörte ihn von oben etwas Frühstückszubereitungstechnisches herabrufen, und schon brandete das Klavierspiel im Musikzimmer

nebanan auf, da Ming es sich im Moment einfach nicht erlauben kann, auch nur eine vereinzelte Sekunde ungenutzt unter den Tisch gleiten zu lassen.

Ming erzählte Buzen, daß folgende Leute immer ins Kielwasser des gefürchteten Klassenzimmersyndroms* geraten, und sich total zu verändern pflegen, wenn sie in einem Pulk an „Artgenossen", bzw. an „Genossen" auftreten, von welchen sie sich offenbar glühend wünschen „einer der ihren zu werden":
„Ich sei, gewährt mir die Bitte…."
*Das Klassenzimmersyndrom:
Plötzlich verwandelt man sich in der Herde in einen gänzlich anderen Menschen, und kann nichts dagegen tun.

Doris und Petra mit der Baseler „Haute Volaute", der Christoph-Otto mit Barockkollegen, und der Wembo mit seinen Spezis aus dem NDR.

Gewissenhaft betrieb ich in einem freundlichen und lichtdurchfluteten Klassenzimmer meine Violinstudien, und gegen 11.51 schrieb ich dem Christoph-Otto eine kleine Botschaft.
Könnt Ihr mich hohlen? ← (ließ ich Herrn Hoogestraat in mir zu Wort kommen. Einen Reporter, der mich einmal interviewte, und die Fragen schriftlich einreichte:
„Wann hohlen Sie sich Rat?" wollte er wissen.)
Den kleinen Zettel mit dem befremdlichen Bildungsfettfleck im Satzgefüge brachte ich in die

Aula, wo soeben das Oktett von Schubert geprobt wurde. D.h., ich legte das gefaltete Blatt einfach vor den Christoph-Otto hin, und fühlte mich seltsam schofel, weil ich niemanden eines Blickes würdigte, und die Ohren vor Schuberts Genialität, aber auch dem Bemühen der Musikanten, vollkommen auf Durchzug gestellt zu haben schien, grad so, wie ich es bei anderen nicht gutheißen kann.

Wäre es nicht besser gewesen, nach Art von Clara Schumann, mit ungläubig geweiteten Augen und einem vor Staunen und Ergriffenheit geöffneten Mund auf die Gruppe der spielenden Musikanten zugetreten zu sein?

(Dies geschah, als sich einst der junge Brahms im Foyer bei Schumanns mit seiner Rhapsodie in g-moll warmspielte.)

Dann aber hätten die Musikanten wiederum *ihre* Sinne auf Durchzug geschaltet, wie unschwer zu erraten ist. - Grad wie das Pröppilein, wenn ich mit ungläubig herausgeschraubten Augen und einem vor Staunen weit geöffneten Mund auf ihre Gemälde zutrete.

Ich schlich mich wieder hinfort, und wenig später holte mich der Christoph-Otto zur Quartettprobe ab.

Der Franz schien bereits ein wenig ermattet, da sich diese Probe ja nun nahtlos an die ebige Oktettprobe anschmiegte, und so spielten wir zu meiner großen Freude zunächst bloß durch.

Ich liebe es durchzuspielen, und dabei von alleine ins richtige Kielwasser zu gelangen, aber ab dem 2. Satz im Haydn-Quartett, geriet der Christoph-Otto wieder in einen leichten Probenrausch.
Viele Unterbrechungen, in deren Folge man sich mit der Zeit beim Spiel „wie auf Eiern" fühlt.
Doch fällt der stirnrunzelnd und befremdet vorgetragene Satz „Wollt ihr immer nur *durch*spielen?" so muß man sich seltsam schuldig fühlen.
Andererseits:
Erzähle ich jene, unten stehende kleine Anekdote aus meinem Leben, so lacht man:

Historische Erinnerung aus dem Jahre 1986:

In jungen Jahren reiste ich einst in die schwäbische Musikmetropole Trossingen, um mit meinem Violinstudium anzuheben.
Zusammen mit dem allseits geschätzten und beliebten Korrepetitor Dieter S. bereitete ich Tschaikowskis Walz Scherzo vor, und spielte das Werk so innig, tiefempfunden und schön, daß, wie ich hoffte, kein Auge trocken bleiben würde.
Doch auf eine Reaktion wie von Clara Schumann kann man lange warten:
„Da müs'söt wir jetzt was draus mach'chö!"* sagte der Dieter, als der letzte Ton verklungen war, und zu diesen Worten schaute er, so wie einst die Mutter vom Suppenkaspar auf dem ganzen Tisch,

in engagierter Unzufriedenheit, zunächst stumm und grüblerisch auf dem ganzen Notenblatt herum.
Man lacht verbindend darüber, und hält´s doch genau so?! Verstehe dies, wer kann!
*Das ist das Trossinger Schwäbisch: Fast jedes längere Wort wird in der Mitte kurz gestaut, um alsbald etwas schneller als nötig zuende gesprochen zu werden.
Leider kein Dialekt zum Verlieben, und ein ganzes Buch auf Trossinger Schwäbisch zu verfas´sö, käme wohl kaum jemandem in den Sinn!

Nach einer Weile regnete es, und als wir im Streichquartett von Borodin staken, standen auf einmal Buz und Veronika im Raum.
Vom Klassenzimmersyndrom behupft, spielte der Franz seine kraxeligen Sechzehntelketten auch gleich nicht mehr so toll wie er kann, und ich wiederum setzte in einem viel schnelleren Tempo ein, so daß ich mich davon erneut leicht schuldig fühlen mußte, und an einer Stelle stolperte ich gar unschön. D.h. „mißglückte Töne stolperten in die welke Ohrmuschel Buzens."
(Poesie wie vom Friefuß*.)
*Meinem Lieblingsvetter „Friedel", der sich gelegentlich auch als Dichter & Poet versucht.

Im zweiten Satz liefen angestrengte rhythmische Bekehrungsversuche durch Franzens schmächtiges Körperlein, so als wolle „der geborene Dirigent" seine „schwimmenden" Mitspieler dirigentisch bei der Stange halten.

Und so sprach ich später, als ich mit Buz und Veronika zum italienischen Lokal in der Pop-Shop-Passage lief darüber, wie es wohl damals war, als die Han-Lin in ihrer Abschlußprüfung das Violinkonzert von Alban Berg gespielt hat? Denn auch Han-Lins zierlicher Frauenkorpus in dem enganliegenden glänzenden Kleid wurde beim Spiel von leichten rhythmischen Zurechtweisungen durchbebt, die den Dirigenten in eine unschöne Verunsicherung gestürzt haben könnten, und die Botschaft: „Hier schleppst….hier eilst Du!" zu vermitteln schien.

Mit anderen Worten: Man schien nicht so recht zusammenzupassen, weil sich die Han-Lin im Lenz, der Dirigent jedoch bereits im Frühherbst des Lebens befand?

Buz erzählte uns plastisch, daß die Bläser damals so doof waren, daß er sich richtig für sie geschämt habe!

Der sympathische Dirigent, Herr Dörner aus Graz, hatte sie als Musiker ernst genommen, und wollte sie dazu einladen, grad so zu blasen, wie es ihnen selber Freude und Genuß bereite. Doch statt sich darüber zu freuen, legten es die dummen Bläser dem Dirigenten so aus, als wisse er nicht was er wolle, und in seiner Interpretation sei kein Konzept zu erkennen.

Wenig später im italienischen Lokal.
Mitten in Heiterkeiten hinein, ereilte Buz ein Anruf, den er mit ernster Miene entgegennahm.
„…Im „Sesam"?" vergewisserte sich Buz.

*Beliebtes Caféhaus in der Auricher Fußgängerzone

Dort säßen Würg und Lübbke, und nun sei es mal an der Zeit, denen den Kopf zwischen die Ohren zu setzen, und ganz klar zu machen, daß sie miese Verräter seien, erboste sich Ming am anderen Ende der Leitung.

Buz sprang auf, und hätte beinah die Zeche geprellt. D.h., dann prellte er sie sogar ganz, denn er hatte flüchtig einen 50 € Schein hingelegt, den er dann aber wieder an sich nahm, weil er sich in seiner sonnigen Fantasie bereits mit Dirk und Wiebke beim gemütlichen Kaffeetrinken sah.

Für den versöhnlich veranlagten Buz ist es immer eine Selbstverständlichkeit, auch die miesesten Verräter einzuladen, wenn man denn nach wenigen Sätzen hoffentlich alle Mißverständnisse hinweggefegt hat, wie sich freudige und ergreifende Gedanken in ihm vorzuballen schienen?

Die Veronika zahlte für Buz, und langsam und nachdenklich liefen auch wir auf´s „Sesam" zu.

Die feinfühlige Veronika hatte große Angst, der brutale OSL-Gorilla würde Buzen womöglich einen Kinnhaken verpassen?

Aber von der Ferne wirkte es tatsächlich so, als rede Buz Klartext mit dem Dirk.

Betont unauffällig wollte ich an diesem Gespann vorbei zum Buchladen gehen, bemerkte bei dieser Gelegenheit dann allerdings, daß es sich dabei keinesfalls um den Dirk, sondern um Martin R.

handelte, der bloß weichgespülte und aufmildernde Worte von sich gab, die zeigten, daß er nichts, aber auch gar nichts verstanden hatte:
Dirk und Wiebke seien gestresst und betroffen, meinte er bekümmert.
Dies sähe er auf der einen, und unsere kämpferische Haltung auf der anderen Seite!

Später hieß es dann aber, Dirk und Wiebke wollten gar nicht mit Buzen reden, und der Dirk habe sich gar geweigert, seinem ehemaligen wahren Freund die Hand zu reichen, da dies gegen seine Friesenehre ging.

Donnerstag, 14. August

Regnerisch. Zuweilen Starkregene.
Am Abend ein bißchen „gewaschen".
Doch es wurde frisch und kühl

Von oben hörte ich, wie Ming über die Interpreten referierte:
Einige Interpreten mischen sich leider schlecht.
Der Franz spiele ja alles sehr gerade, und der Christoph-Otto käme aus der Barock-Szene, weshalb er sehr oft mit dem Kopf nickt, und sich schlecht mit dem Kontrabassisten Szymon mische, einem

jungen Herrn, der in blindem Vertrauen auf seine
große Genialität einfach drauf loszuspielen pflegt.
Dies höre man vorallem von hinten.
„Wo ist die Kika?" frug Buz.
„Die schläft bestimmt noch", sagte Ming, und dabei
stand ich doch bereits vor den Pforten des Tages,
und lauschte den Ausführungen und Psychologaten
nach Art eines Verstorbenen von OBEN.

Gestern hat das Pröppilein zum ersten Mal im Leben
einen roten Po bekommen. Etwas, das die jungen
Eltern sehr bedrückte. Man schob´s auf die scharfen
Speisen beim Chinesen, doch in Wirklichkeit brütet
das Pröppilein womöglich seine erste Kinder-
krankheit aus?
Wahrscheinlich hat es nun die viel daherbeschworenen
Masern, und mich hat es auch angesteckt.
Doch während das Pröppilein selber nach sechs Tagen wieder
gesund ist, sind Masern für Erwachsene fast immer tödlich,
und ich werde somit dahingerafft.
Dieser Gedanke wiederum gefiel mir.
Die Ärzte sagen sachlich zu Ming: „Da schauen wir mal, ob
ihre Schwester wohl noch über genügend Widerstandskräfte
verfügt, aber wir können Ihnen da keine großen Hoffnungen
machen!"
Habe ich mich nicht schon mal bei der kleinen Daaje
mit den Windpocken angesteckt?

Der Rainer schickte heute ein kleines Update seines
Gesundheitszustands auf englisch:

Munter im Tonfall erzählte er, daß er am 25. 8. mit Chemo- und Radiotherapie begänne, sich aber nicht verdrießen lassen möchte. Man solle sich auf die schönen Tage vorfreuen, und die häßlichen so schnell als möglich vergessen – und das große Halli-Galli und all den Spaß, den er mit seinen Freunden ins Auge gefasst hatte, den wolle man im nächsten Jahr umso freudiger nachholen.

Gestern hatte ich allen möglichen Leuten erzählt, daß meine Omi ihren Beruf als Anwaltssekretärin so liebte, daß sie am Wochenende die Stunden gezählt hat, bis endlich wieder Montag ist.
Insofern hätte *ich* nicht den richtigen Beruf ergriffen, denn ich sah der Probe mit bloßer Unfröhe entgegen.
Bedauern empfand ich jedoch wegen dem schönen Borodin-Quartett:
Jetzt dauert es gewiss wieder 21 Jahre, bis wir es erneut aufführen.

Ming telefonierte mit der Stadt über ein Empörikum, das so nicht stehen bleiben könne:
Gestern mußten wir unter einer Androhung von Ordnungsgeld unsere Plakate wieder abnehmen, da die nur zwei Wochen lang hängen dürfen. Doch die dampfende Kacke des „etwas anderen Festivals" hing rund zwei Monate!
Mings Stimme am Telefon klang ganz hoch und erregt mahnend, so wie von einem Menschen, der

nicht nachlassen will, bis er endlich eine klare Antwort bekommt
– und schon war der Emsige wieder weg.

Es regnete prasselnd. Vor der „Tanzschule Löschen" tanzten Irrlichter auf der Straße, und mit regendurchtränkten Beinkleidern kam ich im Güterschuppen an.

Mit Buzen im Auto:
Vor der Sparkassenarena mußte Buz aprupt für einen Herrn stoppen, und dabei handelte es sich um den öligen und unsympathischen Herrn Draudt, der sich „klar zu dem „etwas anderen Festival" bekannt hat".
„Warum bremst du denn für diesen Sack??" wollte ich eigentlich sagen, sagte jedoch stattdessen: „Hast Du der Veronika ihre 50 € wiedergegeben?"
„Ja, natürlich!" sagte Buz, und ich stellte mir plastisch vor, *wie Buz ihr den Schein einfach in den Ausschnitt gestopft hat, so daß der Jorberg bei diesem Anblick rasend geworden wäre.*

Freitag, 15. August 2014

Deutlich kühler.
Regelrecht novemberlich,

wenn auch zuweilen ein Spätherbstsonnenschein aufleuchtete.

Hi und da Regen

Heut erhob ich mich in jenen Tag hinein, wo am Abend Chaussons Konzert für Klavier, Violine und Streichquartett mit Philippe Graffin und Ming in Backemoor auf dem Programme stand.

Ich verkaufte Karten.
Doch gleich beim ersten Bestellvorgang hakte es gleich zwiefach. Nachdem eine „Frau Kiefer" eine Bestellung aufgegeben hatte, klickte ich auf „weiter", bloß daß dann immer wieder die selbe Seite aufschimmerte. Ein Ärgernis!
„Da mußt du hinunterscrollen!" sagte Ming gönnerhaft.
Es erinnerte direkt an die Bea, die immer meint, jemandem mit einer jedermann geläufigen Selbstverständlichkeit ein unerhörtes A-ha-Erlebnis zu bescheren, so daß man sich als Gemaßregelter wie ein dümmlich lebensfremder Mensch fühlen muß – und dann war´s ja doch irgendeine E-Mail-Adresse die einzugeben war.
Als nächstes rief eine Frau Harms an, der die Kirche in Emden sehr vertraut war, dieweil sie seit 50 Jahren im Kirchenchor mitsänge.
Heut hat Frau Harms, die selber vielleicht noch nicht <u>ganz</u> zum alten Eisen zu zählen ist, einen hochbetagten Ehemann, der nur unter jener Prämisse ins

Konzert gehen würde, daß er im Rollstuhl neben seiner Frau sitzen dürfe?!
Buzesartig rankte ich die schönsten Worte um dies Vorhaben, doch später erfuhr ich vom Julchen, daß man da gar nichts machen könne, und die Frau hatte mir doch schon so viel Vertrauen geschenkt, und mir sogar für das Gespräch gedankt!

Im Güterschuppen erteilte Buz mir eine Lektion auf der Violine, und als die Helferin Anna-Lena kurz ins Zimmer kam, um ein wenig herumzuräumen, fühlte ich einen richtiggehenden Impuls in mir, auszurufen, daß dies doch wohl auch etwas für *sie* wäre?
Buz parodierte soeben auf humorigste Weise, was normale Violinlehrer für Stupiditäten zu lehren pflegen – doch da die Anna-Lena (Medizinstudentin und Hobbygeigerin) die einführenden Worte nicht mitbekommen hatte, dürfte es ihr doch wohl so vorgekommen sein, als sei diese Parodierung ernst gemeint, und eine von Buzens vielgerühmten Lehren, die man nun - im Vollbesitz seiner geistigen Kräfte - beim näheren Hindenken nur als töricht und weltfremd empfinden könne?
Nach einer Weile spielte Buz den Anfang von Ravels Tzigane derart enthemmt und gut, wie ich ihn überhaupt noch niemals gehört habe.

Überpünktlich erschien nach einer Weile der weitgereiste Violinvirtuose Philippe Graffin, der jede freie Minute dazu zu nutzen pflegt, sich auf seiner

Violine zu vervollkommnen. Wohlwissend, daß die „Wurst der Vervollkommnung" nach der der Virtuose zu schnappen trachtet, wohl immer eine Spur zu hoch hängen wird….

Kaum hatte man sich mit einem unter Musikern üblichen Doppelbussi begrüßt, da absolvierte er bereits wieder technische Übungen, wie beispielsweise Oktavtonleitern, die er auf und ab spielte, so daß der Raum mit einem Surren gefüllt wurde. Sein Steg war von einem wurstförmigen Sordino umspannt, so daß die Oktavtonleitern in einer sehr nasalen Form auftönten.

Mit dem Spezialsordino habe er in der Nacht im Hotel geübt, und trotz der hohen Dämpfkraft wurde dennoch erbost an die Wand gepocht.

Etwas, das den Philippe sehr bedrückt hat:

Man ist zu Gast in einem fernen Land – und dann zieht man bereits am ersten Abend eine Verärgerung auf sich, die man mit dem Kauf des teuren Spezialsordinos doch hatte vermeiden wollen!

Ich hätte es ja lustig gefunden, *wenn Buzen inmitten all des Streß´ ein Telefonat der folgenden Art ereilt hätte:*
„Jorberg hier!"
Und Herr Jorberg versucht Klartext mit dem jungen Schnösel zu reden.
„Sie wissen aber hoffentlich, daß Veronika in festen Händen ist?!?"

Im Auto auf der Fahrt nach Backemoor:

Der Christoph rankte ein paar Lobesworte um Herrn Kämmerling, die Rehlein in mir keinesfalls so stehen lassen konnte, indem ich nun gar kein einziges gutes Haar an dem verstorbenen Klavierprofessoren ließ:
„…er ist weder das eine, noch das andere, noch ein drittes!" ließ ich zuvor gefallene respektvolle Worte vom Christoph-Otto alsbald zusammenfallen, und über Herrn Samohyl sagte ich im Stile von Ignaz Bubis, dem verstorbenen Zentralrat der Juden:
"Ich habe nichts, aber auch gar nichts bei ihm gelernt!"
Der Petra wiederum erzählte ich, daß Kirsche meiner Meinung nach ein Psychopath sei.
Er verleibt sich Diebesgut ein, und plättet diese Untat mit passenden Worten.
Kein Unrechtbewusstsein – grad so, wie einst die böse Stiefmutter vom Schneewittchen.
„Quatsch!" sagte das dumme Ding multipel energisch, und vor meinem geistigen Auge stieg jene Szene auf, wie *Kirsche in der Probenpause einen Arm um Petras Schulter legte. Das Strahlen auf dem Konzertpianistenantlitz dimmte er ein wenig hinab, um einem bekümmerten und anteilnehmenden Ausdruck Platz zu schaffen.*
„Laß uns ein paar Schritte gehen, und ein paar Takte reden…."
Dann faselt er etwas von „ganz schlechtem Gewissen" „schöne Musik machen" und „daß er uns leben lassen wolle!", und seither fühlt sich die Petra als „Sprachrohr Kirsches".

Viele Prominente schmücken ihren Namen mit dem internationalen Zusatz: "….& friends"
Was aber, wenn man mit niemandem zusammenpasst?
Andere Künstler wiederum sind sehr verbittert mit ihren Kollegen, und pflegen ihre Feindschaften, auch wenn die Mitspieler zum Aufführen mehrstimmiger Werke unverzichtbar sind.
Und so fiel mir ein lustiger Konzerttitel für das nächste Jahr ein:

„Yossi Gutman & enemies".
„Herwig Tachezi & enemies".

Samstag, 16. August

Grau und kühl. Oftmals drohte Regen

Ming wollte von Buzen wissen, wie das gestrige Konzert wirklich war, und das Gespräch modulierte schon bald zur Ministerin hinüber, die Buz *nicht* mit Samthandschuhen anzufassen gedenkt.
Das gestrige Konzert in Backemoor mit dem Philippe hatte Buzen so gut gefallen, daß es ein richtiges kleines Feuer unter seinem Po geschürt hat, es der Ministerin knüppeldick zu geben – ein Eifer, der direkt an seinen Jünger Franz erinnerte, einem

Herrn, der nach sauberen und strengen, fast calvinistischen Grundsätzen lebt.

Das Julchen blies auf der Querflöte, und ich erlaubte es mir nicht, das Wort an sie zu richten, da ja anzunehmen ist, daß sie kaum je drei Töne weit kommt? Stattdessen griff ich mir wortlos den Violinkasten der im Zimmer lag, und stürmte los, denn schon in der Fockenbollwerkstraße drohte ein Regenguss, dem ich nun davonzurennen schien.
Im Gewimmel der Fußgängerzone glaubte ich, jemand pfiffe nach mir, so daß ich mich fragend umbog, doch ich sah gar niemanden.

Die Veronika ist sehr unfroh darüber, daß nun auch noch der Jorberg sein Kommen angekündigt hat, wo sie doch extra nach Ostfriesland gereist ist, um sich von ihm freizuatmen, und auch dem Julchen tat sie am Morgen so leid!

Duo von Erwin Schulhoff für Violine und Cello

Das Wort an den Rudi zu richten fällt mir schwer, da sich zwischen uns ein tiefer Graben des Nichtverstehen-könnens befindet, auch wenn er zuweilen ganz bezaubernd lächelt, und etwas erstaunlich Künstlerisches oder gar Entwaffnendes sagt.
„Bis morgen. Servus!" und dergleichen sagt man, und hebt vielleicht die Hand zu einem hilflosen Gruß. –

Froh, einander bis auf weiteres zurücklassen zu dürfen.

Abends wurde Buz vom Rudi zu einem Herrenabend abgeholt, und ich telefonierte mit Rehlein.
„König!" meldete sich das einsame Rehlein fast begierig.
Mit Rehlein war´s schööön!
Ich erzählte, wie der Jorberg die Augenärztin bezirzt hat, ihm die Fahrlizenz zurück zu erteilen, und schließlich einigte man sich auf einen Stempel im Führerschein der festsetzt, daß der Führer dieses Kraftfahrzeugs nur bei Helligkeit unterwegs sein dürfe.
Und nun brettert ein vor Eifersucht bebender 86-jähriger Herr, der kaum noch etwas sieht, auf gut Glück über die Autobahn.

Sonntag, 17. August

Kühl und regnerisch. Wir mußten heizen

Ich erhob mich früh und ermattet, wohl mit Moppfrisur und einem Zwicker auf der Nas, doch mein zerrupftes und verfärbtes Negilée, aus dem eine pralle Melonenbrust der Sicht freigegeben war, bedeckte ich mit einem Pulli, als ich mich in einen nieselig, unfreundlichen Morgen hinabbegab, um mich einem gehobenen Frühstücksbehagen im Hochzeitshaus mit Mutti Anna J. entgegenzubegeben.

Doch ich hatte keine Kraft mehr, mich schon wieder in den kalten Regen hinauszubegeben, und beschloß, abzusagen.

„Ich schaff es leider nicht!" sagte ich, und klang zu diesen Worten heiser und mulmverkrächzelt, und nett fand ich, daß die Anna volles Verständnis zeigte.

„Ich hoffe, daß wir uns bald in Mosbach treffen!" gab ich einer Hoffnung Ausdruck, die es eigentlich gar nicht gibt, denn Annas strikte Art macht mich total nervös.

Ich lenkte meine Gedanken ins vergangene Jahr zurück, als ich mit ihr im Hochzeitshaus gefrühstückt habe. Die Anna erzählte mir damals von Frau zu Frau wie sie ihren Mann, der ähnelnd mir, sehr an seiner Mutter hängt, einmal strikt dazu herausforderte „sich klar zu positionieren": „Sie oder ich!"

Und zu diesen strikten und klaren Worten sah sie so unerhört „strikt" aus, wie ein empörtes kleines Hühnchen.

In ihren funkelnden Blicken las man „Da gibt es gaaaar keine Diskussion!"

Zu dieser Erinnerung schaute ich auf den süßen Buz drauf. Was, wenn der Storch ihm damals sooo eine Tochter gebracht hätte?

Ich brühte eine Kanne Tee auf, um die herum Buz nun das Frühstück aufbauen durfte.
Doch in Buzen brodelte es, da alle Briefschreibungsrädchen in seinem Inneren rotierten, und die buntesten Blüten trieben.
Buz muß der Ministerin, deren Arsch derzeit ohnehin auf Grundeis fährt, jenen geharnischten Brief schreiben, dense verdient, doch nie haben die bis zur Schmerzgrenze eingebundenen jungen Leute Zeit, ihm den Originalbrief der Ministerin mal auszudrucken. Etwas, was den so entschlossenen und gesundheitlich angegriffenen Buz mit Ingrimm erfüllte.

In ebenfalls grimmiger Wetterlage fuhren wir zum Güterschuppen, wo Buz als Petrus-Verschnitt, sprich ehrenvoller Schlüsselverwalter, einer kleinen Herde interessierter Asiaten Einlaß gewähren wollte.
Bloß, daß da niemand stand, und zudem war´s ja eh schon offen, so daß eine normal zänkisch veranlagte Tochter womöglich mit einem Geschrei angehoben hätte?
Doch ich bin immer liebevoll zu Buzen, und bekrittel und benörgel ihn nie, da man Buzen nicht böse sein kann.

Ich selber begab mich in die Aula, begann übend auf den Rudi zu warten, und der zuverlässig veranlagte Rudi erschien auch viel zu bald.

Zunächst probten wir das Duo von Schulhoff, und Proben mit Cellisten sind mir eigentlich immer eine Qual: Ich fühle mich schuldig.

Zuweilen sitzt er einfach „so" an seinem Cello, brütet vielleicht an passenden Worten herum, und „sogt gor nix", und dann fühle ich mich noch schuldiger.

Mir fällt quasi nie etwas Gescheites ein, was man als aufmerksame Bemerkung oder zumindest Bedenkungsanregung einstreuen könnte, da sich mein Ohr den Gegebenheiten anzupassen pflegt.

Eigentlich auch eine schöne Gabe, so finde ich, wenngleich man damit als Lehrer untauglich scheint.

Was, wenn ich mich in Rudis Sinnen gänzlich fehlspiegele? - so dachte ich daran anfügend bang, und malte mir etwas aus: *Als dumme, selbstgerechte, törichte Frau, die von Musik und Interpretation nicht die geringste Ahnung hat, und mit ihrem keifig, selbstbewußten – man möchte fast sagen - schamlosen „Sound" auf der Violine wichtigtuerisch versucht „im Geschehen mitzumischen"?*

Draussen nieselte es, und der Rudi sprach davon, einen Bus nach Emden zu nehmen, um mit der koreanischen Pianistin Hee-Yon zu proben.

Der süßeste Ming, der soeben eingetroffen war, um etwas Brahms zu proben, wetzte strebig zum Büro, um dem hinwegstrebenden Rudi einen Schirm zu organisieren, bloß daß dort schon geschlossen war.

Ich wiederum hatte Glück:

Buz saß nämlich grad in meinem Auto auf dem Parkplatz.

Nach Art einer Ehefrau, die ihren Mann auf frischer Tat zu ertappen gedenkt, riss ich die Türe auf, und auf dem Beifahrersitz saß eine untersetzte und wenig attraktive Asiatin, so daß der realistisch denkende Buz wohl nicht unbedingt Angst haben mußte, der Fremdgeherei verdächtigt zu werden?

Der Asiatin jedoch mag´s kurz so erschienen sein, als habe die Ehefrau die Türe aufgerupft um triumphierend auszurufen: „Habe ich dich endlich erwischt??!"

Es handelte sich um eine Japanerin namens Noriko, die bei der Gretel untergestellt werden sollte.

Und zuhause ließen wir die Noriko einfach auf gut Glück aussteigen und weglaufen, um bei der Gretel zu klingeln, und sahen sie fortan auch nicht mehr.

Buz fluchte herum, da er heut nicht so besonders gut gelaunt schien.

Die Ministerin ärgerte ihn, hinzu ist´s kalt und schubberig, und Buz wünschte, daß die Heizung angestellt werden möge, bloß daß das Julchen stattdessen überall die Fenster aufgerissen hatte, um mal kräftig durchzulüften.

Und somit kehrten wir der eisigen Wohnung bald den Rücken, und besuchten das Hafencafé neben der Stadtbücherei.

Und der schlechtgelaunte Buz monierte auch dort gleich, daß es ihm zu kalt sei.

Wir nahmen in einem Zwischenstockwerk Platz – im Nacken ein gestrenges (über)reifes Ehepaar, das man

vielleicht leicht im Verdacht haben mußte, Anhänger des „etwas anderen Festivals" zu sein, so daß sie uns demgemäß reserviert und mit Vorbehalt begegneten?
Aber vielleicht handelte es sich auch um ein Ehepaar, das mit der Musik nichts am Hut hat, und all dem neutral und gleichmütig gegenübersteht?

Montag, 18. August

Huulwetter – kühl

Ich übte im Güterschuppen, doch schon nach kürzester Zeit schimmerte das Mützchen vom Rudi und der reptilöse Grünton seines Cellokastens hinter seinem Rücken auf, und der Rudi präsentierte sich heut im Gewand wienerischer Unverbindlichkeit.
Bedächtig, in merkwürdig vergeistigter Ausstrahlung schlenderte er herbei, so daß ich inmitten meines emsigen Brahms-Geübes Verlegenheit in mir aufwallen fühlte.
Der Rudi war in die typisch wienerische „Prä-Konzertstimmung" hinabgesackt, wo man sich und seinen Mitspielern bedeuten möchte, daß das zu Präsentierende einfach nicht gut genug sei.
(„Man hätt´ **viel** mehr proben müssen!")

Wieder empfand ich es als Mühlrad am Bein, mit einem Wiener Brahms zu interpretieren:
Man schiebt, sollte vielleicht einen anderen Strich nehmen, tiefer intonieren – bald schon fühlt man sich wie auf Eiern und schuldig. Nach jedem Satz macht sich erstmal eine große Ratlosigkeit breit – hier solle man lauter spielen.
Hernach übten wir noch unsere Zugaben:
Den ungarischen Tanz von Brahms und „Liebesleid" von Kreisler, und sehr nett bot der Rudi an, daß er mir die Noten aufschrübe.
„Ich habe Notenpapier dabei!" sagte er.
Ich war gerührt und fühlte eine zärtliche Liebe aufwallen, die vorher nicht einmal ansatzweise zu spüren gewesen war.

Julchen und Pröppilein waren in der Stadt unterwegs, und nun war ein harscher Regen aufgepeitscht, weswegen Ming seine kleine Familie abholen, und vor den alles verschlingenden Regenfluten retten mußte.

Ich wiederum nutzte eine kleine Wetterpause und stürmte Richtung „Börse".
Unterwegs begegnete ich den Börsianern Buz, Veronika und Noriko, und schon begann's erneut zu regnen.
Auf feinfühligste Weise hielt die Veronika ihren Schirm schützend über mein Haupt, so daß ich sie gerührt mit dem heiligen Martin verglich, denn

eigentlich ist es schwer einzusehen, warum der heilige Martin gefeiert wird, die Veronika jedoch nicht?

Am Mittwoch brettert der Jorberg herbei, und will mit der Veronika zwei Tage lang auf einer Insel abhängen, aber eigentlich ist dies für die Verkehrsteilnehmer ein bißchen brenzelig?

Unter ihnen ein bis zum Bersten mit Eifersucht befüllter 86-jähriger, und *der Jorberg trachtet Buzen womöglich nach dem Leben?*

„Ich hab es satt, satt, satt!" schnaubt er beim Fahren, drückt das Gaspedal voll durch, und wird somit immer schneller.

Buz zieht seine Veronika mit Blicken aus, und vernascht sie in doppeltem Sinne, indem er sie auch noch als Mittagsgast benützt, und drum muß er nun sterben.

Der Jorberg hat eine große Schachtel mit vergifteten Pralinen im Gepäck – und DER soll ihn nun kennenlernen!

Das Julchen hatte gekocht, und so aßen wir gemütlich mit der herbeigereisten Sängerin Ulrike Weber zu Mittag.

Wir erfuhren, daß die Ulrike jetzt in Calden bei Kassel lebe. Mehr noch: Sie hat einen hessischen Freund, der immer „als" sagt, und da sie ein Faible für ältere Herren zu haben scheint, wie sie rührend zugab, ist auch dieser hier betagt:

Ein gutaussehender Rentner, 65 Jahre alt.

Mit dem kleinen Maximilian sei dies nicht ganz einfach, doch mit etwas Geduld würde es vielleicht klappen?

Man unterhielt sich über Still-Finessen, und wir erfuhren, daß sich der kleine Maximilian mit etwa neun Monaten einst selber abstillte.

Dienstag, 19. August

Friesisches Huulwetter. Z.T. starker Regen.
Wir mußten heizen

Auf das nachmittägliche Konzert der Meisterschüler freute ich mich weniger, da ich die halbgaren Interpreten meist als Zumutung empfinde.
Buz als Lehrer hört sich die Bemühungen „mit den Ohren der Liebe" an, und so muß man sich eben in Buzen hineinversetzen, um dem Konzert den nötigen Genuß abzutrotzen, dachte ich seufzend.
Zunächst wurde allerdings erstmal gefrühstückt.
Ming sprach davon, daß man ein paar Fackeln aufstellen müsse, da es nach dem gestrigen Konzert in Holtrop so dunkel war.
„Und wieso schaust du mich so an?" frug das Julchen zu diesem, in großem Übereifer vorgetragenen Wunsch. (Ein Lektor würde hier entweder das „groß", oder aber das „Über" streichen, doch Mings Eifer beschreibt sich am besten mit übereifrig betriebenen Wortauftürmungen.)

Das Julchen trug die Frage zwar mit einem Lächeln vor, doch dies Lächeln barg den Kern, daß das Julchen das Gefühl hat, sie würde von früh bis spät mit Aufträgen eingedeckt: Noch *dies*, noch *jenes*!

Ming ist immer ganz fassungslos über die harschen Wortpfeile, die ihn seinem Empfinden nach immer ganz zu Unrecht treffen.

Das Julchen vermeinte Rückenwind aus Mings Familie zu spüren, der gegen sie gerichtet war, und Buz hoffte, auf eine verbindende Schiene aufzuhüpfen, als er davon sprach, daß es *ihm* immer grad so erginge, wenn er in Ofenbach zu Besuch sei.

„Aber da bist du doch gar nicht auf Besuch, sondern zuhause!" warf Ming ganz entgeistert ein, denn wo will Buz denn dann zuhause sein? Hier in Aurich? Oder aber immer noch in Trossingen, wo sein Zimmer 114 mittlerweile von einem Celloprofessor besetzt wird, der ihn womöglich „erstaunt" mustern würde, wie es nun mal Cellistenart ist, wenn Buz ab Oktober einfach wieder zur Arbeit ginge?

Buz sprach davon, daß er jetzt vermutlich ein halbes Jahr lang zu hören bekäme, daß er die Franck-Sonate ja doch nicht so gut gespielt hätte, weil ich Rehlein unbedacht erzählt habe, er habe seine Tzigane noch viel besser gespielt als jene Werke, die er immer übt.

Doch Buz zitierte mich einfach verkehrt von der anderen Seite her, so wie es juristisch nicht so gern gesehen wird.

Daß er die Franck-Sonate „viel schlechter" gespielt habe als die Tzigane!

Und dabei habe ich das mit der Tzigane erzählt, *bevor* Buz die Franck-Sonate gespielt hat.

Zum Teetrinken studierte ich die Liste der Kriminalfälle, die fleißige Hände im Internet aufgelistet haben, und diese Liste reicht wohl mittlerweile bis zum Mond hinauf?
Nach einem religiös motivierten Mord im Sudan blieb man gleich an einem gruseligen, häßlichen Fall kleben: Ein 27-jähriger „Saubermann", ein gescheiterter Student aus Berkeley mit gestärktem weißem Hemd, und einem polierten Zwicker auf der Nase – angepasst und korrekt, - entführte und ermordete einfach ein 14-jähriges junges Fräulein! Dafür wurde er im Jahre 1957 auf dem elektrischen Stuhl gegrillt, und dieser Mensch hieß „Abott", was ihm einen führenden Platz an diesem Schandpfahl eintrug, der sich der alphabetischen Reihenfolge bediente.
Abotts Mutti starb im Jahre 2004 im Alter von 100 Jahren, und glaubte bis zum letzten Atemzug an die Unschuld des Herrn Sohn.

Einer Pfarrerin namens Iris, die sich 50€ für die Kirchenabnutzung erhofft, und „es schön fände", wenn das Ganze auf Kollektenbasis abliefe, meldete ich meine Bedenken.

Im Bioladen kaufte ich allerlei Schnick-Schnack zusammen, und wieder kostete mich „der Spaß" 21,34 €, die der Rainer in mir viel lieber gespart hätte

– diesmal mit sonniger Miene in Empfang genommen von Hausherrn Thomas Baier.
Vor dem Shop strahlte mich eine Asiatin an, die den ganzen langen Weg von Wallinghausen herbeigewandert war. Da sie leider nie Fahrrad fahren gelernt hat, hat sie als Fortbewegungsmittel bloß ihre bloßen Füße zur Verfügung.
Ein Jakobsweg der Ostfriesen, sei dies – versuchte ich zu vermitteln, auch wenn ich nicht wußte, was „Jakobs" auf chinesisch heißt. Aber man kann sich ja helfen: „Eine bedeutende Kaffeefirma!"

Heute mußte ich über den Chinesen Hao, der so angenehm nach einem feinen Rasierwasser duftet, erfahren, daß er immer so unhöfliche Briefe schreibt. Er schreibt in rudimentärstem Chinesendeutsch, und wenn man ihm beispielsweise eine anbietbare Summe als Honorar nennt, so schreibt er zurück „Ich glaube in meine Akkustik ist falsch", (zu deutsch: „Ich glaube, ich höre nicht recht?!") oder er schreibt, daß man auf eine Antwort lange warten kann, und er nicht kommt. Doch jetzt ist er da, und brachte sein unnachahmliches Lächeln mit, so daß man ihm natürlich nicht mehr böse sein kann.
Und einmal, so erinnert man sich gern, hat er so bezaubernd Wiener Walzer auf der Bratsche gespielt, wie es ein echter Wiener kaum hinbekäme.

Dem Julchen tat´s leid, daß ich immer so lange koche. Nämlich so ungefähr eine Stunde lang.

Es gab Gemüse mit Pilzen, Möhren, Süßkartoffeln & Kohlrabi mit Jasminreis.

Zu Beginn schaufelte Ming das Essen ganz schnell und mit ferner Ausstrahlung in sich hinein, während das Julchen noch im Büro leise vor sich hinraschelte. Dann kam es allerdings auch herbei, und verfeinerte die Speisen mit Miso und Sojasoße.

Wie es schmecke?

„Sehr gut", sagte das Julchen knapp, und wir referierten darüber, daß sie früher keinen Fisch gemocht habe, und auch keine Orangen.

„Aber als du mal schwanger warst!" warf ich ein – dies geschah jedoch bloß, um die Luft mit reinen Vokabularien zu füllen, und hatte keinen tieferen Grund.

"Das ist immer schön, von anderen zu erfahren was man mag oder nicht mag", sagte das Julchen in leichter Arroganz, die oft mit einer kaum merklichen und doch demütigenden Ironie berieselt ist.

Später hat man dann im Bad gehört, daß Ming und Julchen sich leicht zofften.

„Ich kann ja nicht mit dir reden…" argumentierte das Julchen leicht aufbrausend, „weil Wolf und Kika sofort dagegen geredet haben!"

Doch ich konnte mich nicht entsinnen, jemals dagegengeredet zu haben, da ich immer *dem* glaube, der zuletzt redet.

Das Lindalein hatte geschrieben, und leider hat man die Gelegenheit zu einem Wiedersehen vergeigt!

Das Lindalein war nach Kopenhagen gereist, doch erst auf der Heimreise nach Amerika fiel ihr ein, daß man sich doch wohl mal hätte treffen können?!
Nun ließ es aber anklingen, daß man sich in Zukunft vielleicht öfters sehen würde?*
Ich stellte mir vor, wie sie in Dänemark vielleicht einen netten Herrn kennenlernt, und plötzlich gibt´s ein Riesenproblem?
Mehr noch: Die Linda wird schwanger - und dies von einem Herrn aus Dänemark, dem sie mit Haut und Haaren verfiel!
Starker Tobak für Matriarchin Bea.
*Nachtrag 2020: Nie wieder gesehen

Über den Jorberg hatte ich heute auch schon nachgedacht:
Ich dachte Folgendes:
„Er fährt und fährt im Sauseschritt,
und bringt die Liebe mit!"

Nach mehreren Duschregenanfällen wirkte Aurich so, als wäre es mit einem nassen Lappen abgewischt worden, und dieser Anblick wurde ganz kurz von der Sonne beleuchtet.
Doch die Gräue am Firmament war nur aufgeraut, um sich schon bald wieder zu verdichten.
An der Fußgängerzoneneingangsschleuse der Oldenburgischen Landesbank sah ich plötzlich Veronika & Jorberg von hinten.
Die Veronika erkannte man an ihrer liebenswerten Äffchenfrisur, und mir kam´s vor, als wolle der

Jorberg seine Liebste an ihrer lose schlenkernden Hand zu fassen bekommen. Doch der Veronika schien das nicht so recht, da der Jorberg es ja nur aus jenem Grunde tat, um im Falle einer Begegnung mit dem König klare Fronten zu schaffen, („Sie ist *mein*!") und der Veronika wiederum wäre dieser gebotene Anblick im Falle einer Begegnung höchst unangenehm. („Man ist doch kein Teenie mehr!")

Ich ließ mich in der reformierten Kirche nieder, und wer hätte jetzt gedacht, daß ich dies´ Konzert wirklich genösse?
Fast alle Interpreten waren gelb.
Mit großer Hingabe spielte Buzens Lieblingsschülerin Isabella ihre Brahms Sonate in G und hernach ein kleines Lied von Schubert aus dem Jahre 1814. Wieder war es im Leben anders gekommen als gedacht.
Leider fiel das Catering zum Leidwesen vieler Anwesender einfach aus.
(„Gretel: „Ich bin so frei und nehm ´n Rotwein!")

Mittwoch, 20. August

Huulwetter mit gelegentlichen Sonneneinstrahlungen. Es hieß allerdings, der Sommer sei schon wieder vorbei.

Regentröpfelig und arscheskalt,
so daß man nicht so gerne aus dem Auto stieg

Ming war gestern sehr gerührt, daß der Rudi so sozial ist:
a) half er nach dem Konzert wie selbstverständlich bei den Aufräumearbeiten, und dann erließ er Ming die gesamte Gage, und möchte nur die Fahrtkosten erstattet haben: 119 €.
Und auch die Hee-Yon wollte uns nicht schröpfen.

Die Kritiken von unserem Holtroper Konzert lagen herum. Frau W. gebrauchte Attribute wie „prima" („sind prima aufeinander eingespielt"), doch benützt man diesen Ausruf nicht auch gern, wenn ein kleines Kind erstmals selbstständig aufs Töpfle gegangen ist?
Über uns schreibt sie „prima" und „gelungen", während sie über „das etwas andere Festival" auf atemlose Weise weißzumachen sucht, daß es keine Worte gäbe, um Gipfel dieser Art zu beschreiben. Mir schien es so, als habe sie von gewichtiger Zunge die journalistische Aufgabe zugewiesen bekommen, einen kleinen Maulwurfshügel in Bezug zum Himalaya zu setzen.

Der Rudi sprach b) davon, daß Ming sich wegen der ausgeschriebenen Klavierprofessur an *ihn* wenden möge, auch wenn er mit dem Vorstand verkracht sei, und für den süßen Ming als jungen Familienvater

gäbe es doch kaum ein schöneres Geschenk als eine Professur, so daß Ming bereits seine liebevollst zusammengestellte Bewerbungsmappe herbeiholte.
(Grad so, wie das Pröppilein am Anfang des Monats das Buch vom Molle.)
Leider saß der Rudi nur kurz bei uns, und lachte über einen Passus in der dichterisch wertvollen Kritik einer Karin Baumann:
„Selbst Schwerhörige konnten in der Mimik eines Rudolf L. erkennen, was er da wohl soeben spiele?"
Ming erzählte von den vielen Professorengattinnen, denen wie selbstverständlich eine C2-Professur in den Arsch geschoben wird, und in diesem Zusammenhang muß ich ja noch erzählen, wie wir gestern über Rudis Gastmutti Frau Müller psychologisiert haben, die nur wenig zugänglich ist: OSL-verseucht, so daß sie sich mir gegenüber ganz reserviert gab.
Ihr Mann arrivierte zum Oberarzt, und ich stelle mir ein Leben als Oberarztesgattin schal und beklemmend vor.
Wieso gibt es eigentlich keine Bezeichnungen wie „Obercellist?" frug ich mich. Wo führt die Reise eines aufstrebenden Cellisten wohl hin?

Ich putzte das untere Klosett. Es schäumte furchtbar, da ich ja eine Laienputzerin bin.
Doch darüber hinaus scheine ich so gestrickt wie Friedels Exe Leslie, die für die kleinsten Selbstverständlichkeiten im Haushalt immer gelobt zu werden wünscht. Ich pappte somit ein Pickerl mit der

Aufschrift „frisch!" auf die Klobrille drauf, auch wenn nicht ganz klar ist, was man wohl damit aussagen möchte?
Der, für den´s gedacht ist (Buz), wird es wohl abzupfen und alsbald vergessen?

Das unfreundliche Küstenwetter, - total feuchtgeregnet, regenperlig und mit gelegentlichen Sonnenscheineinblendungen polarartiger Natur, - erinnerte eher an den Monat Februar, so daß man das Haus nur höchst ungern verließ.
Buz, Franz und ich planten einen Börsengang, und wir fuhren den Franz kurz zu seiner Gastmutti Iris, wo eruiert werden sollte, ob er als Mittagsgast eingeplant sei oder nicht – doch beim Wenden vergaßen sowohl Buz als auch ich den Franz, und dachten je so lange nicht mehr an ihn, bis er plötzlich in der „Börse" als Börsengast auftauchte. Da fiel er uns wieder ein.
Buz hatte auf gut Glück auf dem Piqueurhofsgrundstück geparkt, obwohl das Auto dort ohneweiteres hätte abgeschleppt werden können. Doch Buz beschwor es mit Worten so hin, als sei er ein Ehrengast des Hotels, und ein enger Spezi des Hoteldirekteurs?
Zunächst hatte Buz noch so sehr von den bezaubernden Norwegerinnen geschwärmt, nun aber meinte er, die hätten das Asperger Syndrom, und die beiden Mädchen um die bebrillte Nadia Reich herum, saßen am Tischlein-Deck-Dich im Mittel-

schiff der Börse, und löffelten leise murmelnd eine Mahlzeit vor sich hin.

Noch immer kann ich mir nichts rechtes unter dem Asperger Syndrom vorstellen, Buz jedoch meinte, dies sei ein neumodischer Ausdruck für „Fachidiotie". Der Aspergerbenagte beißt sich an einem entlegenen Thema fest (z.B. vollendetem Violinspiel) und blendet den Rest des Lebens weitestgehend aus.

Na, dann habe ich es doch gewiss nicht! – freute ich mich.

Und doch ist es mittlerweile in Mode gekommen, sich mit dem Asperger Syndrom zu schmücken und zu brüsten.

Manche legen bereits einen verklärten, weltfernen Ausdruck auf, und scheinen durch andere hindurchzusehen.

„Er hat ja Asperger, wissense…" droppen Jugendmusiziert Muttis gewichtige Worte in die Unterhaltungen hinein.

Ich setzte mich an den Mitarbeitertisch zu Anna-Lena, Frank Schmitz und Maren. Buz massierte dem Frank die Schulterblätter, und wir erfuhren, daß die Maren demnächst Urlaub auf Malle macht.

Launig bescherzte ich sie damit, daß sie vielleicht einen Prominenten wie Dieter Bohlen trifft, und später, als auch Ming & Julchen mit der Lütten am Tische Platz genommen hatten, war mir ein kleines Rätsel eingefallen, das sehr belacht wurde: „Wie nennt man Sängerinnen, die auf Mallorca leben?"

Mallediven.

Auf dem Heimweg durch die Fußgängerzone:
In einem Shop hatte das Pröppilein ein Windspiel mit einem Storchen entdeckt, und dann war es ganz gebannt von einem Herrn, der vor dem Heimatmuseum nach Art eines Engels auf seiner Harfe zupfte.
Ich selber strebte noch kurz in die Buchhandlung „Lesezeichen", und während ich noch dahinschritt, lief der süße Buz auf mich zu, und wirkte so sonnig.
Erfüllt von einem verbindenden Plausch mit Herrn Reich.
Im Buchshop entdeckte ich ein Buch, das ich früher sofort gekauft hätte, jetzt aber riet der Onkel Rainer in mir, am eisernen Sparkurs festzuhalten:
„Der Fall Scholl", über den Bürgermeister von Ludwigsfelde, der seine Frau ermordet haben soll.

Eine Frau Rosenboom hatte Ming einen üppigen Lob & Tadel-Brief geschickt:
Verdis Requiem sei zum Weinen schön gewesen!
Doch dann monierte sie an Mings Rede herum:
Man hätte sich eine flüssigere, weniger von „äh´s" durchsetzte Rede gewünscht, und Ming solle sich seinen Text doch bitte vorher aufschreiben und ein wenig proben! -
„Sie sind ein hervorragender Pianist", und „nichts für ungut" las man, und dann monierte sie noch an der Kleidung eines Christoph-Otto B. herum, so daß

man wirklich froh und dankbar sein durfte, daß da nicht zu lesen stand: „Und wie ihre Schwester ständig herumläuft! Wirken Sie doch mal auf sie ein – sie ist doch eine öffentliche Person!"
Mir kam die Idee, diesen Brief für Kirsche umzuschreiben:
Überschwenglich lobe ich seine schicken Schuhe und die feine Garderobe aus Hamburgs edelster Herrenboutique. Sein Klavierspiel hindess würde ich mir etwas differenzierter, farbiger und weniger schaumgebremst wünschen – bei „Youtube" gäbe es doch jede Menge erstklassiger Pianisten zu sehen, an denen man sich ein leuchtendes Beispiel nehmen könne!

Am Nachmittag saß ich wieder im „Lesezeichen" in der Fußgängerzone. In der rotbepolsterten leider lehnenfreien Sitznische studierte ich das Buch über den Bürgermeister Scholl weiter, naschte dazu etwas Schokolade, und fühlte auch dank der beruhigenden Harfenklänge von der Straße her, ein großes Wohlbehagen.
Als ich das letzte Schokoladenstückchen in den Mund stopfte, sprach mich eine Dame an, die aus Hessen kommend, das Konzert in Holtrop besucht hatte.
Jetzt war ich endlich mal wieder in die Fußgängerzone gefahren, um mich zu zerstreuen, und mache dort gleich die Bekanntschaft einer Dame, freute ich mich. Sie erzählte von ihrem 84-jährigen Ehemann,

der für die nächtlichen Autofahrten zu betagt sei, und dann kamen wir überein, daß das reife Ehepaar doch bei *uns* mitfahren könne?!
Da kam die hilfswütige Hessin in mir durch.
Die Frau mit den hochglanzrotlackierten Fingernägeln ist bereits 78 Jahre alt, ehemalige Leistungssportlerin, und eine todschicke Variante von Evi Neckermann. Gewissenhaft und modern wandte sie sich dem auftönenden Händi in ihrer Handtasche zu: Schwiegerenkel Sebastian, 30.

Buz und ich fuhren zu einer Pension in Wallinghausen um zwei blutjunge Asiatinnen abzuholen, die sich allerdings ungebührlich viel Zeit ließen, so daß Buz ganz ungeduldig wurde.
Violetta und Vicky, 20 und 16 Jahre alt.
Meist krispelten sie, auf der Rückbank sitzend, ganz leis und zart an ihrem Smartphon herum.
Wir fuhren durch den entlegenen Ort Purkswarden, der offenbar nur vierbeinige Einwohner hat, – grad so wie jenes Fleckchen Niemandsland hinter dem Ortsausgangsschild in Ofenbach - bestaunten eine appetitliche Kuh, und ein süßer grüner Frosch hüpfte die Straße hinab, und nach Art eines verzauberten Konzertbesuchers direkt auf die Kirche zu.
„Herreos of tomorrow!" hieß das Konzert ganz international.

Ich saß in der 13. Reihe mit Blick auf das Nilpferd Ines W., das aus Verehrung für Kirsche bereits *seinen* Gesichtsausdruck angenommen hat.

Es spielten die beiden blutjungen Geigerinnen aus Norwegen, Jhrg. 91 bzw. 94 mit Nadia Reich am Violoncello. Oben auf der Brüstung stand Herr Reich, der dem Anwaltsstatus vorübergehend enthoben, als Fotograf angestellt worden war.

Die Geigerin mit dem wippenden Pferdeschwanz heißt „Guro", die andere mit dem kupferroten Haar „Miriam", und ich war begeistert von dem feinen und unverdorbenen Spiel der jungen Leute, die sich liebevollst wie einst Rehlein & Buz auf diesen Auftritt vorbereitet hatten.

Am Abend schienen wir finanziell am Ende angelangt. Das Klopapier war uns ausgegangen, und im unteren Klosettkabüff wartete die letzte Rolle auf ihre Aufnützung.

Donnerstag, 21. August

Kühl. Zwar wurde zuweilen die Sonne aufgedimmt,
doch im Großen und Ganzen war es kalt,
regnerisch, feucht & grau

Ab heut war unser Zeitpaket wieder streng eingeschnürt, denn die Orchesterproben begannen:
Um zehn Uhr Probenbeginn unter der Stabführung eines Franz Chien, und ich sehnte das Ende des Festivals herbei, auch wenn´s bedeutet, daß man sich aus dem warmen Badezuber des Ausnahmezustands erheben, und in die kalte Nacht hinaus entweichen muß.
Eine leise Hoffnung, daß ich vielleicht ein ganz klein bißchen verdiene, begleitet mich noch drei Tage lang, um wahrscheinlich alsbald zu verzischen?
Eine weitere Sorge gesellte sich morgens im Bette auch noch hinzu: Frau Münch hebt das Telefon gar nicht mehr ab. Es meldet sich nicht einmal mehr der Anrufbeantworter, und wenn ich zu ihrem Hause fahre, so öffnet mir niemand (mehr).

Pröppilein war so munter und unterhaltsam, und liebte es, wenn es auf die Allerweltsfrage „Wo ist Tante Kikas Nase?" verschmitzt nach meiner Nase langen durfte.
Hi und da schimmern die freundlichen Züge von Ute M. auf dem leuchtenden Kindergesicht auf, so daß ich an Ute M. denken mußte, deren Züge sich nun überraschenderweise auf dem Gesicht eines fremden Kleinkindes wiederfinden?

Leicht verspätet standen Buz und ich an der geröteten Rechtsabbiegeampel am Wirtshaus „Zum Schwan", als man die Bürstenfrisur eines dahinradelnden Jung-Chinesen gewahrte, dessen Violinkasten an seinem Rücken entlang steil in die Höhe ragte.

Buz kehrte den strengen Stupidienrat hervor, indem er es empörend fand, daß der auch zu spät ist. Im Auto machte er sich nun in leiser Erbosung Luft über diese Unart.

Mit einer tief empfundenen Umarmung begrüßte ich mich mit Konzertmeister Koji, und ich als Stimmführerin der zweiten Violine hatte die Ehre, neben Pfarrer Jörg Schmid Platz zu nehmen.

Buz teilt die Menschen in zwei Teile ein, und der eine Teil davon besteht aus Menschen, deren Zuspätkommen ihn nachhaltig verdrießt: z.B. jenes einer Julia Kim, - während er es der anderen Hälfte als legitime künstlerische Freiheit zubilligt.

Fast das ganze Orchester war gelb, und mit meinem Nebensitzer Jörg verstand ich mich auf Anhieb.

„...hat Spaß gemacht. Ich habe es genossen!" traten mir freundliche Satzversatzstücke in den Kopf, die man nach der Probe würde anbringen können, um den gewählten positiven Weg weiter abzuschreiten, doch das böse Uschilein in mir gab keine Ruhe.

Die Zeit schien plötzlich still zu stehen, man fühlte sich wie im Stau auf der Autobahn, und die vielen Unterbrechungen zermürbten mich, zumal die dirigentischen Worte in meinem Kopf kaum Halt fanden.

Wir übten das Streicherpolster für Mozarts Klarinetten- und Hoffmeisters Bratschenkonzert, und ein Cellokonzert von Marcello, und die „gelbe Gefahr" um mich herum lachte, als es hieß, ich spräche schon länger chinesisch als die!
Um ein Uhr wurden wir wieder in die Freiheit entlassen, wenn´s auch eine beschnittene Freiheit war.
In dieser streng rationierten Luftblase im Tagesgewebe wollte ich mich auf meinen Füßen behende hinfortbewegen, und mich vorerst nicht mehr umblicken.
„Kikalein!" rief der süße Buz.
Buz suchte nach der Veronika, da es ja hieß, der Jorberg sei mit dem Auto da, und einen Schofför mit Auto kann man im Sommer doch wirklich rund um die Uhr gebrauchen, hoffte und glaubte Buz, dem alten Herrn eine Freude zu bereiten, wenn er sich nützlich machen dürfe.
Buz hatte heute mit seinem Meisterkurs angehoben, und nun freute er sich sehr über ein Wiedersehen mit dem Koji und dessen bezaubernder Frau, die ein schönes Präsent für Rehlein in der Ferne mitgebracht hatte: Einen selbstgenähten Kaffeekannenwärmer, wunderhübsch anzusehen, wie eine ganz besonders schöne und zierende Haube!

Im Auto sprachen wir über Midoris Schwangerschaft, die selbst Eingeweihten ein absolutes Rätsel ist. *Die Midori hängt nach den Konzerten zuweilen in Bars*

ab. Mit steigendem Promillespiegel lässt sie sich zuweilen „abschleppen", und dabei dürfte „es" wohl passiert sein?
Und an den Erzeuger hat sie nicht die geringste Erinnerung – Filmriss!

Ohne Rehlein fühle ich mich daheim wie ein Kind, das bei seinem Vater und dessen neuer Frau abgestellt wurde. Als ungeliebtes Stiefkind, auf das nur Kühle, oder vielleicht ein Tadel oder eine Belehrung der Stiefmutti wartet.
Immerhin habe ich jetzt bereits 1330 €uro zusammengespart, und ich frug mich, ob dies wohl für einen völligen Neuanfang reiche?

Ich lustwandelte ein wenig im Garten, und die Gerda ignorierte ich weitestgehend.
„OSLschnepfe!" möchte man sie nennen, wenn man ihr nicht noch etwas Restdank aus besseren Zeiten schuldete.
Dann fuhr ich wieder in die Stadt, und las die Geschichte vom Bürgermeister von Ludwigsfelde weiter, der seine Frau ermordet habe.

Freitag, 22. August

Ganz grau. Zuweilen Regen

Am Morgen raschelte das Pröppilein vor der Türe. Zuerst babbelte es ganz goldig, und dann heulte es einmal laut. Das Pröppilein weint zuweilen mit einem derart tiefempfundenen Schmerz auf, daß sekundenlang gar kein Ton kommt. Man schaut auf einen weit aufgespannten Mund, zusammengezogene Augen und einen fassungslosen Ausdruck an Schmerz, wozu der Ton *noch* ausgeschaltet ist, fühlt jedoch das Gelärm, das gleich aufschrillen wird, mit dem sechsten Sinne geradezu schmerzhaft vor.

Ming spaßte, wie man der Ministerin schreiben könne, man habe einige Fotos von ihr in ihrer besonderen Stellung, und ich lachte zu diesem Vorschlag Mings, nach Art einer verruchten Frau dreckig auf.
In Buzens Kopf rotieren die Rädchen, und wieder hatte er einige Sätze in beißender Ironie ausgebrütet, die man der Ministerin schreiben solle.
Ming aber glaubt, daß die Ministerin empfindlich auf dererlei reagiert.
Über das abige Elb-Persussions-Konzert im Rijkshof von Norden sagte Buz verschmitzt über den OSL-Arsch D.: „Wetten, der kommt?!?" und fuhr zu

diesen Worten auf Art von Johannes dem Täufer den Zeigefinger in die Höh´.
„Ja, aber nur um zu schauen, ob es gut läuft!" dämpfte Ming Buzens frisches Weltbild mürrisch und erzählte, wie die OSL emsig und unermüdlich daran arbeite, uns das Publikum abzuschöpfen, und unser schönes Festival zu zerstören.

Ich erzählte, daß den Interpreten ein sehr viel höherer Stellenwert gebührt als bislang angenommen, auch wenn Martha Argerich einmal gesagt haben soll: „Es geht nur um die Musik. Wir Interpreten sind letztendlich unwichtig!"
Doch diese wohlklingenden Worte entpuppen sich beim näheren Hindenken denn doch als törichtes Hausfrauengewäsch.
„Der Komponist ist der Erzeuger, und wir Interpreten die Ausbrütenden!" brachte ich es auf einen simplen Nenner, während ich ständig Tee trank und kleine Brötchenteile mit Honig beschmierte.

Heute übten zunächst die Streicher, und auch die Veronika mit ihrer großformatigen Brille saß dabei. Und mehr noch: Herr Jorberg, an einem unsichtbaren Band, hatte im Gestühl Platz genommen und wirkte von der Ferne leicht verdrossen und eingefallen, während die Veronika ihn wohl *sehr im Nacken spürte, und ihr frontal wiederum die feixenden Blicke und Gedanken auf und über dies seltsame Gespann marternd in den Lüften zu schwirren schienen?*

Julia Kim raunte mir zu, daß man nach dem Auftakt des Dirigenten, zu Ehren von Buzens Lieblingsschülerin „Isabella" den „Häppy-Börsdäy-Song" einstimmen möge, und so taten wir´s und ließen die mutterlose kleine Geigerin, mit den künstlichen Zähnen in einem immer lachenden freundlichen Gesicht, hochleben.

Die Isabella war gerührt.

Buz saß heute auch im Orchester dabei, und alsbald begannen, wie unter Streichern üblich, lauter Strichbesprechungen.

Auf-auf-ab-ab?? Oder doch lieber ab-auf-ab-auf?

Didadldööö? Oder doch lieber Dadöööldii?

(So etwa kam es bei mir an.)

Ein Glück, daß die sorgsam ausgetüftelten, so jedoch offenbar törichten, wenig zur Musik passenden Striche nicht vom Franz stammten, der sich sichtlich unwohl fühlte, daß sein Lehrer dabeisaß, der hinzu dazu tendiert, sich in irgendwelchen partiellen pädagogischen Räuschen zu verlieren, während der Franz doch wiederum sehr bestrebt ist, den Zeitplan sauber einzuhalten, um sodann pünktlich beim Mittagessen zu sitzen.

(Für einen Chinesen „das Herz des Tages".)

Beginnt Nestor Buz zu pädagogisieren, so fühlt sich auch der duftende Künstlertypus „Hao" als Bratschensultan herausgefordert.

Barrieren werden niedergerissen, und der Hao wirft seine gewichtigen Argumente in die Waagschale, so daß Taktstockschwinger Franz ganz leicht, und in die

Höhe katapultiert wird, um dort unbeachtet vor sich hinzuschweben.

Buz fand ein interessantes Ehrenamt für sich:
Alle Striche zu ändern, und man sieht´s ja ein bißchen kommen: Hernach findet man über fast jeder Note ein ᛞ - und wenn ich ganz boshaft gewesen wäre, so hätte ich ausrufen können: "..und der Akio hatte mich so herzlich gebeten, daß *keine* Striche in die Noten hineingemalt werden mögen!"

Mittags saß ich, leider mit gespannter Sprungfeder am Po, im „Lesezeichen", und studierte mit dem größten Interesse den „Fall Scholl" weiter.
Wenig später holte mich Buz ebendort zum Mittagessen im Hafenlokal ab.
Dort saßen wir nun mit dem Bratscher Hao beieinander.

Buz schenkte der freundlichen Serviererin zunächst keinen Blick, und sagte stattdessen etwas fachsimpeliges von Mann zu Mann zum Hao:
Daß man die Striche vereinfachen müsse!
Die Herren redeten aneinander vorbei, indem der Hao *sein* Thema durchzubringen suchte, das seinerseits jedoch ebenso wenig Gehör beim Gegenüber fand:
Daß das Orchester deutlicher und prägnanter spielen solle, und daß leider viel zu viele ungare Schüler drinsäßen.

Die Themen wurden mit dem Genuß der Speisen etwas lockerer, und ich erzählte von dem Dirigenten Felix Chen, einer chinesischen Variation von Ion Tiriac, der sich immer gern ein Betthäschen an Land zieht.
Die Wirtin dort, zwar nett, gibt einem immer gern ein Gefühl der Unzulänglichkeit, ohne dazu ihr Lächeln auszuknipsen. Stellt man eine Frage, so sagt sie: „Wir haben hier eine Karte. Da steht alles drin!" Dies erinnerte mich leicht an das Julchen.

Auf dem Heimweg durch die Fußgängerzone suchte ich Opa und Omi-Mobbl, denn es bleibt einem ja freigestellt, nach was und wem man sucht.
Man könnte z.B. in die Geschäfte gehen, um zu schauen, ob man sie dort findet, und man könnte sogar nach ihnen fragen, und eine kunstvolle Beschreibung geben?! Dann machen sich die Leute angestrengt Gedanken, forschen in ihrem Hirn nach, und vor ihren Sinnen erstehen Opa und Mobbl.
Doch beide liegen seit Jahren unter der Erde.
Stattdessen traf ich die Tatjana mit der kleinen Clara. Die kleine Clara fiel mal hin und heulte laut, doch dann schien auch bald wieder die Sonne auf dem süßen Kindergesichtchen mit den zwei kleinen Zähnchen unten.

Unsere Bruch-Probe fand in total verregneter Wetterlage in dunkelstem Wettergebräu statt.

Kurz vor dem Güterschuppenareal lief die Petra auf mich zu. Zwar grüßte ich freundlich, aber ich kann es einfach nicht verwinden, daß sie bei dem „etwas anderen Festival", wo sie in einem angemieteten Kammerorchester, oder aber Notenzuber für Kirsches schaumgebremstes Klavierspiel mitgewirkt hat, auf die verwunderten Fragen einiger Interessierter („Sie hier???!") verkündet habe:
„Ich bin hier um Musik, nicht um Politik zu machen!" (Beifallheischend, so als renne man mit diesen in ihrer Banalität beklagenswerten Worten offene Türen ein, und hinter den Stirnen warte ein beifälliges: „…und recht hattse!" auf einen.)
Ich fand das so armselig, und die herzlichen Freundschaftsgefühle von einst sind somit dahingewelkt.

Am Ende bin ich ja womöglich doch nur jemand, der seine Feindschaften pflegt, und die Freundschaften darüber vergisst? wehte mich ein opressiver Gedanke an.

Petras schwäbischer Mann Tobias habe gesagt: „Reschpekt, daß ihr so viele Konzerte aus dem Boden stampft!"
Doch auf unqualifizierte Ausrüfe dieser Art, so nett und harmlos sie auch gemeint seien mögen, reagieren Ming & Julchen empfindlich, denn was da doch eine Mühe dahinter steckt, kann man sich gar nicht vorstellen.

Sonntag, 23. August 2014

Oft höchst geballtes Grau.
Abends zeigte sich liebevoll die Sonn´

Am Morgen bekam ich einen Schnupfen, zumal sich auch leichte Staubweben um meine Bettpfosten zu wickeln beginnen.

Ich deckte das Frühstück auf, und Buz im Nebenzimmer übte sehr emsig das Bruch-Oktett.
Über *eine* Stelle rief ich Buzen zu, daß sie mit mehr Tiefgang zu interpretieren sei.
„Das ist solistisch!" sagte ich naseweiß, und nun schilderte ich Ming, daß dies Oktett sehr ungewöhnlich konzipiert sei.
Buz habe sich beim unbekümmerten Durchblättern der Partitur in falscher Sicherheit gewiegt, der dritte Geiger könne es sich hinter seinem Pult gemütlich machen, doch in Wirklichkeit ist es ein Konzert für vier vollkommen gleichwertige Violinstimmen.
Und nun hat Buz den Koji im Verdacht, womöglich gar zu verträumt und zart vor sich hinzuspielen?
Denn eigentlich war Buz davon ausgegangen, es handele sich bei diesem Oktett um ein Violinkonzert, so daß man sich im Schatten des Solisten ducken könne.

Heute probten wir mit den Solisten:
Zuerst mit dem leuchtenden Koreaner Keyong Ham, der hinzu wunderbar auf seiner Oboe blies.
Buz war etwas ärgerlich wegen den Strichen, die er allesamt blöd fand. Um ihn zu beruhigen, reichte ich die Noten zuweilen nach hinten, auf daß er klügere Striche eintrüge, und hernach sahen die Bezeichnungen oftmals so aus:

Wieder saß die Veronika an einer „großzügigen" (Jorberg), oder auch „kurzen" (Julchen) unsichtbaren Leine dabei und spielte mit, und der Leser erahnt´s:
In ihrem Nacken saß der Jorberg – grau und eingefallen.
In der Pause hörte man, wie er über mich sagte, daß ich gar nicht eingebildet wäre - im Gegensatz zu einem gewissen Jemand, und von diesem „gewissen Jemand", nahm ich an, Buz selber sei wohl gemeint?
Doch es war der „Hao", der dem Jorberg eingebildet schien, und das ist er in der Tat, wie man sich nun lachend und verbindend einig war.
„Doch er kann was!" meinte der Jorberg mit Kennermiene, und wollte interessiert wissen, wo er herkäme, und auf welchem Stand seiner Studien er sich wohl befände? Und weil die Veronika mit dem

reifen Herrn an ihrer Seite psychologisch oftmals etwas ungeschickt agiert, tadelte sie: „Aber das habe ich dir doch schon über und über erklärt!!"

Bevor die Probe mit Hoffmeisters Bratschenkonzert anhub, erzählte ich dem Wembo von jenem köstlichen Spaß, den Ming sich mit diesem Werk einmal erlaubt hatte: Er am Klavier, hatte die Begleitstimme zu einem Tango umformiert, als einst die Dame Gerswind mit Hilfe dieses Werkes ihr Bratschendiplom machte.
Kein Mensch aus der dumpfen Bratschenkommission der Berliner Hochschule schien dies damals bemerkt zu haben? In den versteinerten sowjetpolitikerartigen Mienen ließ sich zumindest nichts ablesen.
Wäre dies nicht eine Idee auch für uns? Anstelle stupider Achtelbegleitung zu den etüdenartigen Versatzstücken zwischen den Themen?
Und für einen kurzen Moment wirkte es so, als wolle ich dem großen Solisten einen ungebetenen Ratschlag erteilen.
„Da muß ER tanzen!" meinte der Wembo geistlos und unpassend, da Texttreue für ihn oberstes Prinzip ist.
Bald darauf mußte die Veronika mit dem Jorberg – grad so wie jeden Tag - die leidige Mittageßproblematik erörtern. Der Jorberg wirkte staubig, grau-türkis getönt, solcherart als sei er grad eingeschnappt oder gar pikiert darüber, daß man den

Plan, den man gefaßt hatte – fein Essen zu gehen – schon wieder zu Gunsten eines „Stell-dich-eins" mit Herrn König umschmeißen wolle, so daß ich bei meiner Schilderung, wie das Hafenlokal zu finden sei, gleich zu Beginn ins Stocken geriet.
„Wir haben doch schon gestern Fisch gegessen!" barschte der Jorberg in altersgrämlicher Pikierung.
Man weiß gar nicht, ob man der Veronika nun einen Angelhaken bietet, sich aus dem Greisensumpf zu ziehen, oder aber dem Jorberg seine anvisierte Zweisamkeit torpediert?
Der Jorberg fährt ein Auto mit dem Kennzeichen WN, und ich hab gemeint, dies heiße „Winnenden". Doch es heißt „Waiblingen", und „Winnenden" dürfe man gar nicht mehr sagen, da dort die Psychiatrische steht.
„Da gehört se hin!" rief ich übermütig aus. Der Jorberg lachte kurz mit, doch dann wurde er jäh ernst.
„Da gehören _wir_ hin??" vergewisserte er sich, daß er sich doch wohl hoffentlich verhört habe?

Die Bruch-Oktett-Probe, die mir gestern so viel Freude bereitet hat, machte heut deutlich weniger Spaß, da so viel beredet wurde, und ich fürchte, den Koji nervt die Art, in dem Werk herumzuwühlen auch – so wie mich. Auch wenn er dem Ganzen in Japaner-Logik mit einem Lächeln begegnet.

Buz intensivierte die Freundschaft zum Hornisten „Jan Schröder", einem reifen Herrn mit gelb gefärbter 60-Jahre Frisur.

„Wir sollten „Du" sagen!" schlug Buz vor, und Jan Schröder fiel ihm freudig um den Hals.

„Das sollten wir mit Alkohol begießen!" meinte er begeistert.

Jan Schröder möchte mit seiner Familie Urlaub an der Ostsee machen, und hätte seine Gage gern bar auf die Hand gehabt, doch leider geht dies nicht.

„…mit zwei Töchtern!" erzählte Jan Schröder erklärend, so daß anzunehmen ist, daß die jungen Dinger vermutlich die ganze Zeit shoppen wollen?!

Sonntag, 24. August

Manchmal Sonnenschein. Kühl bewölkt.
Nicht besonders sommerlich

Am Morgen plante Ming zum Brötchenkauf hinwegzuradeln, erbat sich hierfür von Buzen allerdings ein paar Taler, dieweil er jetzt pleite sei, während Buz, der vor einigen Tagen ein paar Fünfzig €uro-Scheine gezapft hat, sich finanziell bis auf weiteres gut gepolstert fühlte.

Letzte Probe mit dem Bruch-Oktett, das am Abend im Abschlußkonzert vorgetragen wurde:
Buz wurde zuweilen leicht patzig gegen die intensiv, insistent und hartnäckig auf Chinesendeutsch vorgetragenen Worte vom Hao, und auch kleinen Fragen und Einwürfen von Julia Kim begegnete Buz eher wegwerfend und geringschätzig, während er beim Koji, den er auf der Rangskala etwas höher ansiedelt, auf Höflichkeit umschaltet.
„Maybe…." sagen beide Herren ständig vorsichtig.

In der Hafenstraße traf Buz alte Bekannte, und freute sich darüber:
Die Gasteltern einer Schülerin mit ihrem riesengroßen Hund „Ben", der in weichen Babuschen dahinzutrippeln schien.
Fünf Sterne trug er auf seinem Halsband.

Montag, 25. August

Zuweilen sonnig,
so jedoch nicht ohne Wolken am Himmel.
Von der Tönung her ein wenig arktisch,
sprich „heller Sonnenschein bei Eiseskälte"
(und dies im August!)

Das Festival ist vorbei, und in den Lüften lag jene gewisse „kühle Frühjahrsputzstimmung".

Im übertragenen Sinne: geöffnete Fenster, durch die eine ungemütliche Kälte hereinströmt – eine unschöne Deprimanz, die einen nach Konzerten und Prüfungen zu bewehen pflegt.

In unserer Auffahrt stand der schicke weiße BMW vom Neureichen Wembo, der in der Weltstadt Hamburg zu einem „Wembissimo" aufgestiegen ist, und sich im Laufe der Jahre, dem Klassenzimmersyndrom geschuldet, von einem entzückenden jungen Asiaten mit immer lachendem Gesicht, in einen zwielichten Zuhältertypus verwandelt hat.

Buz schien es sehr eilig zu haben, und die Eile drohte seine Gastesfröhe zu versengen.

Ein schneidend scharfer Wind schien ihn hinfortzufegen, und kaum war er in meinem Auto um die Ecke gebogen und hatte sich meinen Blicken entzogen, da kam Julia Kim leicht verspätet zur Verabschiedung. Sie, mit einem wunderschön verpackten Abschiedsgeschenk in Händen, auf dem auch noch ein gelbes Brieflein draufhaftete, hatte Buz von Gretels Balkon aus noch enthuschen sehen, und war so schnell als möglich herbeigeeilt, um ihm das angekündigte Geschenk zu überreichen, doch Buz schien es ja mit einem Male wirklich sehr eilig gehabt zu haben? Aus Angst, ich könne mir das mit dem Auto nochmals überlegen?

Ich malte mir aus, wie das wohl wäre:

Eisern, nach Art einer strikten Ostfriesin wie Anna J. verweigere ich Buzen mein Auto?

Johannes Neckermann hatte einen Rundbrief geschickt, der wenig Freudvolles barg: Er wurde krank, Divertikulose, und kam in ein Krankenhaus. Dort wurde er so schlecht behandelt, daß er einen Bericht darüber schrieb. Davon besann man sich um, und wies ihm ein sehr schönes Zimmer zu.
Sein bester Freund erlag einem Krebsleiden.

In der Zeitung las man, daß Frau Kamp verstorben ist, und dies stimmte mich so traurig. Ich rief sofort bei ihrer älteren Tochter Heidi an, die das ganze jedoch positiv sah:
In den letzten vier Wochen sei es mit der Zerstreutheit und beginnenden Demenz der alten Dame schlimm geworden.
Ich fühlte mich trotzdem traurig und niedergeschlagen, und erzählte es wenig später auch Rehlein am Telefon.
„So sterben wir alle vor uns hin.." säuselte Rehlein bitter und gleichgültig in einem, so daß man von dem b-seitig gestimmten Rehlein, das heut den Hörer abgehoben hat, keinen Trost erwarten durfte, und hinzu vorübergehend seiner ganzen Lebensfröhe beraubt wurde.
Auslosebedingt rief ich Rehlein wenig später nochmals an, doch Rehlein hub zu trüben Klage-

gesängen gegen „den Wolf" an, und zog mich damit sehr in die Tiefe.

Rehlein wurmt es unerhört, daß wir so wenig Geld haben, und nichts konnte Rehlein aus dem Sumpf des Negativen ziehen.

Zu Frank Schmitz, dessen Arbeit bei uns abgelaufen ist, sagte ich nicht ohne Wehmut: „…und wir sehen dich nie wieder?"

„Erstmal wohl nicht!" sagte der Frank, und der verschmitzte Anflug eines Lächelns überzog das vogelige Gesicht des Hochgestressten – bloß, daß ich ihn wenig später ja doch nochmals sah.

Den Resturlaub würde der Stressgebeutelte in Aschedorf bei seiner Mutti verbringen, die bereits köstlich gekocht habe, und auf einmal konnte er es überhaupt nicht erwarten, seine Lieben daheim endlich wiederzusehen.

Am Vorabend hustete Buz so schlimm, und schließlich versank er ermattet im Sorgenstuhl.

Buz nickte immer wieder ein.

Dann schaltete er die Tagesschau ein, doch dazu schlummerte er weiter, und man konnte sich kaum vorstellen, wie er sich aus dieser Ferne nochmals emporstemmen, und in die kalte Nacht hinaustreten wolle, um im „Michelangelo" in der Fußgängerzone ein Abschiedsessen mit seinem Jünger Franz und dessen Schülerschar zu absolvieren?

Ich selber sattelte mich bereits auf, doch bevor ich losradelte, lief ich nochmals auf die Terrasse, um von außen nachzusehen, ob Buz wohl noch lebe?
Wehmütig schaute ich auf den Schlummernden im Sorgenstuhle drauf. Buz atmete noch, und doch beschäftigte ich mich während der Radelei damit, wie es wohl sei, wenn Buz jetzt gestorben wäre?
Dies könnte ich auf keinen Fall so positiv sehen wie Frau Kamps Tochter Heidi den Exitus ihrer – immerhin 87 ½-jährigen - Mutti Marianne.
Ergreifend wäre allerdings, daß Buz am Vortage seines Heimgangs noch das Bruch-Oktett in der ausverkauften Johannes a Lasco Bibliothek in Emden mitgegeigt hat.

Pizzeria Michelangelo in der Fußgängerzone.
Oben im zweiten Stock:
Ich freute mich sehr über Buz, der die seniorile Müdigkeit abgestreift, und ein frohes Gesicht aufgesetzt hatte. Nun saß er dort, wo er seinen Platz auf Erden gefunden hat: Inmitten seiner Jünger!
Und sitzt Buz dort, so geht´s ihm wie dem Julchen, wenn es das Pröppilein im Arm hält:
Dann ist seine Welt in Ordnung.
Man hatte sich auf zwei lange Tische verteilt, und genußvoll breitete Ming soeben die ganze ORL-Saga aus, so daß ich mein Ohr gebannt dranheftete – und auch wenn man die Geschichten ja bereits ungezählte Male gehört hat – von Ming erzählt, sind sie immer wieder von Neuem bannend und spannend:

Erst im Jahre 1993 stieß der ORLteufel „Würg" zu denen: Ein poltriger, friesisch torfiger Mann, der gerne rumschreit, und mit Musik nichts am Hut hat.
Das Julchen sagte zum Pröppilein: „Willst du mit Tante Kika spielen?"
Doch dann wollte Mama Julchen nicht, daß das Pröppilein auf die Treppe zustürmt, und zu mir sagte sie einfach despektierlich: „Du bist manchmal so langsam!" so daß ich ihr am liebsten eine gelangt hätte.
„Ich bin nicht langsam. Nur besonnen," sagte ich schlicht.
Ein Taiwanese wollte Buz umarmen, und dies löste einen Umarmungsherdentrieb unter den außerordentlich verschmusten Taiwanesen aus, so daß alle anderen ihn auch noch umarmten.
Hierbei wurden unzählige Fotos geschossen.

Dienstag, 26. August

Fast immer schön sonnig,
wenn auch bereits sehr herbstlich

Heute mußte Buz nach Hause fahren, und ich vermisste ihn gleich zu Tagesbeginn schrecklich. Mehr noch: Es fühlte sich an, als müsse man bereits zur Beerdigung satteln, und beständig werde ich von wehmütigen Gefühlen dieser Art gemartert.

Ich dachte mir eine ergreifende Geschichte für den Hans-Hermann aus:
An einem sonnigen Morgen hängt plötzlich ein prall gefüllter Beutel mit Briefen an seiner Tür: Briefe vom Philipp, seinem verlorenen Sohn, geschrieben in Jahrzehnten und nie abgeschickt! „Ich <u>konnte</u> die einfach nicht abschicken!" schreibt der Philipp in einem beigelegten Erklärungsbrief, „jedesmal, wenn ich mich mit dem Brief in der Hand dem Briefkasten näherte, ereilte mich eine Einwurfssperre!"

@Gestern vermisste Buz sein kleines, blaues Unterhöslein, und nun erschien ich mit dreien aus dem Wäscheberg zur Auswahl im Frühstückszimmer, wo ein vereinzelter Gast saß:
Der Franz.
Ming fand die Unterhosenvorführung vor dem Gaste etwas peinlich, und so beendete ich sie leicht beschämt, und zog mit einem Gefühl der Unzulänglichkeit, das einen in Mings Windschatten beständig beschleicht, wieder ab.

Buz packte seinen Koffer, und Ming erzählte, wie die Musiker immer so herummosern: „Man müsse einen Vertrag machen!" habe auch der leicht angesäuerte Akio gesagt, doch Ming konnte in die Waagschale werfen, daß er in Japan doch auch keinen Vertrag bekommen habe, und zu diesen wahren Worten schwieg der Akio betreten.

Dann erzählte Ming vom Hao, der losgepoltert habe. Aber man habe ihm doch ein Angebot gemacht, und er sei gekommen! Er hätte doch auch wegbleiben können, wurde nun am Star-Status gesägt.

Ming habe in all den Jahren als Pianist nie einen Vertrag gesehen. Außerdem erwischte er den Hao auf frischer Tat, wie er Ming dreist übers Ohr balbieren wollte, indem er die Reisekosten, die ihm der SWR doch auch zahlt, doppelt kassieren wollte.

Doch da durchzuckte es den Hao plötzlich:

Ob er sich jetzt einen Ast seiner Zukunft abgesägt hat?

Er verwandelte sich zu seinen Gunsten zurück, und wurde fromm wie ein Lamm.

Später erzählte Buz noch vom Wembo, der auch viel mehr Geld haben möchte: Nämlich für 2012 und 2013, und nun appellierte Ming an Buz, daß er dem Bratschenschnösl doch mal vorrechnen möge, wieviele tausend Stunden er sich ehrenamtlich um Wembos ehemaliges warmes Nest, das Jade-Quartett, verdient gemacht hat!

Nun aber war Eile geboten.

Ming scheuchte uns regelrecht ins Auto, und da stand der Franz neben dem Julchen, das das Pröppilein im Arm hielt, während Buz sich hinter das Steuer klemmte.

Diesen Moment und Anblick, wie Buz sich von seinen Lieben auf unbestimmte Zeit oder sogar für immer verabschiedete, griff mir ans Herz, und prägte sich unlöschbar ein, auch wenn *ich* jetzt zusammen mit Buzen nach Oldenburg fuhr, und sich somit achtzig Kilometer, die sich im Moment noch wie achtzig Goldklumpen anfühlen mochten, vor die endgültige Verabschiedung schoben.

Wenn das Pröppilein so alt ist wie ich, dann liegt der Opa Buz wohl bereits auf dem Friedhof, umhüllte und quälte mich ein durch und durch unfroh stimmender Gedanke.

Buz schaltete das Radio ein.

Kernig und krisp spielte Alfred Brendel das italienische Konzert von Bach, und einmal mühte sich ein Geiger mit Mozarts B-Dur Konzert ab.

Gidon Kremer.

Ein Geiger, den man im Laufe der Jahre liebgewonnen hat, zumal er unser Wohnzimmer schon so oft aus dem Grammophon heraus mit seinen Geigenklängen gefüllt hat, daß sich sein Spiel nun direkt anfühlte, wie eine Begegnung mit einem alten Freund.

Buz empfand den Violinklang jedoch als grau und glanzlos. Anne-Sophie Mutter spiele doch wirklich sehr viel plastischer und farbiger.

Aber der Harnoncourt habe ja dafür plädiert, „den Schmutz in der Musik zu suchen", und der unbequem suchende Gidon möchte die Werke von vordergründig falschem Glanze befreien, auf daß auch unbequeme Wahrheiten ans Tageslicht träten, spielte ich mich als Anwältin für den mittlerweile graumelierten Unbequemen auf.

Die Musiker in ihren distanzierten Worten sprechen gern kryptisch über „Wahrheit" und „Wahrhaftigkeit" in der Musik, und bestempeln einander gern, ohne explizit Namen zu nennen, mit groben menschlichen Fehlinterpretierereien.

„Man verdächtigt einander, sich auf narzistische Weise mit oberflächlichem Glanz zu schmücken" fuhr ich nun in meinen schlichten Philosophien fort.

Wir sprachen über Lettland, Litauen und Estland, und die Rede wurde auf Anneli Peebo geschwenkt, die Buz unlängst in einer Talkshow neben Alice Schwarzer erlebt hat, wie er nun erzählte.

„Estland?" erkundigte sich Alice Schwarzer, „wo liegt das denn noch?? Und wie heißt die Hauptstadt?"

„Es liegt neben Finnland, und die Hauptstadt heißt Helsinki!" antwortete Anneli Peebo, die dem mangelnden Respekt ihrem Heimatland gegenüber somit mit einer offenen Kriegserklärung begegnete.

Im Bahnhof standen wir um eine Karte an, und ein Ausländer in der langen Warteschlange befrug Buz interessiert nach seinem Geigenkasten.

Ob dies eine Violine sei?

Mit diesem Herrn befreundeten wir uns nun leicht, und erfuhren, daß er aus Persien stamme.

Doch Schönheit und Zauber dieses Landes könne man heute nur noch hinterherweinen, weil es mittlerweile die Hölle sei.

Dann waren wir am Schalter angelangt, und die frische Freundschaft mit einem Herrn aus einem fernen Land endete so rasch wie sie begonnen hatte, denn als wir uns umschauten, war der Herr verschwunden.

Ich trug Buzen den Geigenkasten in den Zug hinterher, und dabei ging´s mir so, wie einst der Degerlocher Oma - bloß von der anderen Seite her:
(Dies habe ich einmal in dem historischen kleinen Tagebuch gelesen, das noch heut in Opas Zimmer herumliegt.)

Historische Erinnerung aus dem Jahre 1961:

Die Degerlocher Oma fuhr zur Beerdigung ihres Bruders Paul nach Stuttgart, und Onkel Dölein brachte ihr den Koffer ins Abteil, und wuchtete ihn auch noch ehrenamtlich in die Höh!

Doch dann machte der Zug „puff", und die Degerlocher Oma dachte: „Jetzt ist alles aus!"

Onkel Dölein jedoch, behende und jung wie er damals war, schaffte den Sprung auf den Bahnsteig zurück –

„Mir fiel kein Stein - mir fiel ein Fels vom Herzen", so schriebse, und auch mir gelang´s, der Ärgerlichkeit, nun mit nach Hamburg fahren zu müssen, *während mein Parkschein unerbittlich dahinwelkt, und die Mißbilligung einer Politesse auf sich ziehen wird*, zu entgehen.

Von außen konnte man nun durch die dunkelgetönten Scheiben auf Buzen draufschauen, doch man sah ihn kaum, und mich kniff die Angst, *er könne seine Violine liegen lassen, oder beim Ausstieg einen Gitarrenkoffer zu fassen bekommen, der jemand anderem gehört?*
In letzter Sekunde stürmte ein längerer Scherenschnitt – sprich, eine Mohrenfamilie - den Zug, doch denen fehlte offenbar noch ein Familienmitglied, und ein zirka 7-jähriges Mädchen schrie ihren Papi, der allen vorweg doch so sportlich ins Zuginnere hineingehüpft war, direkt unflätig und hinzu so wüscht an, daß er wieder heraushüpfte.
Doch nun ärgerte er sich, und fluchte laut in einer mir unbekannten Buschsprache.

Niedergedrückt und vom Abschiedsschmerz hart angepackt fuhr ich nach Aurich zurück.

17 junge Chinesen tümmelten sich im Garten von Franzens Gastmutti Iris, die ich nicht wiedererkannt hätte. Sie, die früher immer so lustig war, wirkte nach der Trennung von ihrem Mann Fritz-Werner, dem Sohn von Buzens letztem väterlichen Freund Fritz (1917 – 2014) verhärmt und unfroh.
Man stand im Garten, wartete auf den Abholdienst, und nun sagte man sich hilflose Freundlichkeiten, und der Franz übersetzte plattdeutsche Höflichkeiten ins Chinesische.

Moje dat du doi warst? ← z.B. („Hön gao shing, ni mön dsai dsö li!")
Ming war ebenfalls zugegen, und auch ich umarmte mich mit vielen der so umarmungsfreudigen jungen Leuten, und lächelte herzlich für die vereinzelten Smartphon-Fotos, denn schließlich war´s ja doch ein bißchen so etwas, wie einer finaler Gang ins Ungewisse.
Draußen vor dem Tore wartete der Bus von Else Wulff, und ich versuchte mir den dastehenden Franz auf meinen Augapfel draufzubrennen, so daß er immer dasteht, wenn man frontal geradeaus schaut.

Mittwoch, 27. August

Wunderbar sonnig, wenn auch mit fahrenden Wolken, so doch sehr angenehm

Quasi über Nacht hat ein seltsames Leiden von einem Besitz ergriffen, und entfernt einen aus der Figurensammlung der arbeitenden Bevölkerung.
Man scheint in jenem Alter angelangt, wo man morgens am liebsten liegen bliebe, und die Malade hervorkehrt, um sich vor den immer müder machenden und immer gleichen Bewegungen und Handgriffen, mit denen man sich in den Alltag einzufädeln pflegt, zu ducken.

Das Haus ohne Buz fühlte sich leergefegt an, und das Leben schien sinnlos geworden.

Das Pröppilein wurde am Morgen unter fröhlichem Geschnatter von Omi & Opi zum Babyschwimmen abgeholt, und nun frühstückte man ungeniert ohne mich los, und ich wiederum setzte mich nach einer Weile ungeniert ins gemachte Frühstücksnest.
Das Julchen verzupfte sich ins Musikzimmer, um die von Johannes Neckermann nicht so sehr geschätzten Werke op. 117 von Brahms vom Blatt zu spielen, und Ming und ich sprachen einfach ganz laut zusammen.
(Leicht unhöflich)

Später, als ich mich endlich gewaltsam ins Rad der Tüchtigkeit gepresst hatte, dachte ich mir aus, daß ich mich dringend vom Julchen lösen müsse. Obwohl das Julchen auf leicht despektierliche Weise meist nicht hinhört, wenn ich etwas sage, so fühle ich dennoch ihre mißbilligenden Blicke und Sinne auf mir lasten, und versuche zu „punkten", oder aber zu verblüffen, wo es nur geht. Bloß, daß es mir überhaupt nicht klar ist, was ich mit den gesammelten Punkten überhaupt anfangen will?

Ich dachte an den Zettel mit Lebensweisheiten, den sich Ute M. einst in Augenhöhe für einen „Thronenden" vor dem Klosett an die Wand gehängt hat, und stellte mir zu dieser Erinnerung leicht

belustigend vor, wie auch ich einen Zettel ins untere Klo klebe.
Was das Julchen denkt, ist mir egal!

Zuerst versuchte ich damit zu punkten, daß ich spül´.
„Ist die Wäsche in der Trommel gewaschen oder schmutzig?" stieg mir eine törichte Frage in den Sinn, mit der ich beim Julchen Dienstbeflissenheit ausströmen wollte.
„Riech doch einfach mal dran – dann merkst du´s!" stöhnte das Julchen in mir, am Läptop sitzend, gereizt, und tatsächlich! Sie duftete bereits angenehm, und so hängte ich sie engmaschig auf dem Balkon auf.
Ming war heut sehr in seinem Element.
Der Huulbesen heulte auf, und ließ unser Haus erschwingen und erklingen, wenn auch nicht sehr nach meinem Geschmack.
Ich selber wollte mich meinem unübersichtlich gewordenen Zimmer widmen, verlor mich jedoch in überflüssigen Details, die nur noch mehr Mühe aufwirbelten:
Ich ordnete die Postkarten im Schatzkästlein, und fischte Weihnachtskarten von lieben Amerikanern aus dem Jahre 2007 hervor.
Dies bringt einen doch auf schöne Ideen, dachte ich: z.B. sein Glück mit dem Johannes Neckermann zu versuchen – ein spätes, faszinierendes Glück für den vom Schicksal so unschön Benagten?

Wie eine Schlingpflanze wächst auch die Bea durch meine Gedanken.
Niemand hat ihr jemals so schöne und aussagekräftige Briefe geschrieben wie ich, und sie schreibt, daß man sich mit mir nicht richtig unterhalten könne!
Dann führt sie auf einer Party eine dämliche Unterhaltung mit dem Grundtenor, daß Schwule mehr Rechte bräuchten, Präsident Obama einen guten Mutterwitz habe, und man Kindern nicht zu viele Freiheiten lassen dürfe, und wertet dies als „gutes Gespräch", - etwas, das von meiner Warte aus doch direkt als unflätig zu bezeichnen ist!
Früher habe ich mich ja oft gefragt, was Kinder wohl dazu bewegt, den Kontakt zu den Eltern ganz abzubrechen, doch wenn ich jetzt an die Bea denk, so beschleicht mich da direkt eine Ahnung....

Beim Kochen:
Im Radio sprach jemand vom „Bremer Musikfest", und man schnappte einiges auf: „spannend" oder „…eine große musikalische Familie".
Den Ausdruck „spannend" im Zusammenhang mit Musik empfinde ich als sonderbar.
„Aus dem Duo Tetzlaff/Kirschneroth entwickelte sich eine spannende Interpretation!" trat mir ein Satz, der auch der Feder eines Musikkritikers hätte entsprungen sein können, in den Sinn, doch von mir gedacht, klang er leider leicht hohnverdreht.

In der Fußgängerzone trafen wir die Tatjana mit der kleinen Clara.

Man hob die Clara aus der Kinderkarre und stellte sie auf den Boden, und nun zupfte das süße kleine Kind die Preisschilder an den Pflanzen vor dem Blumenladen ab.

Auf Pröppis Gesicht malte sich Unverständnis, daß jemand so infantil sein kann, und man sah, daß das Pröppilein – wenn zwar nur sieben Monate älter, so jedoch fast einen ganzen Kopf größer ist.

Ich fuhr zum „Lesezeichen", machte es mir auf dem roten Kuschelsofa für die Kunden gemütlich, und las die Geschichte über das Schicksal vom Bürgermeister Scholl aus Ludwigsfelde weiter, der es zwar vielleicht zum Bürgermeister gebracht, so jedoch vom Schicksal total gearscht worden war.

Nie sagte seine Mutti mal „Danke" zu ihm, und dann zog sie einfach nach West-Berlin und ließ ihn zurück, doch in ihrem Haus durfte er nur sein kleines Dachzimmer bewohnen.

Und dann heiratete er ausgerechnet eine jüngere Ausgabe seiner Mutti!

Die Gitti, der nichts gut genug war.

Muß man da nicht gleich an Onkel Eberhards Uschilein denken?

„Daaas soll gebüüügelt sein?"

Zur Hochzeit durfte seine Mutti aus West-Berlin herbeireisen.

„Die kleine Mutti!" sagte er beim Wiedersehen gerührt. Er umarmte und küsste sie, doch von ihr kam nichts.
„Sie konnte mich halt nicht leiden!"

Mit diesen traurigen Gedanken an den Bürgermeister fuhr ich wieder von dannen.
Ich gab mir große Mühe, mich von Ming & Julchen zu separieren, und meinen eigenen Weg zu gehen, indem ich nun in glitzerndem Sonnenschein vor dem Hause dichtete.
Im Geiste erzählte ich Ming & Julchen, daß ich - ähnelnd unserem Vetter Rifflein in Amerika - die Neigung habe, stets wie angewurzelt dabei zu stehen wenn etwas los ist, und diese Neigung müsse ich nun dringend durchbrechen, um mein eigen Ding durchzuziehen.

Pröppilein schaute „die Maus", und einmal sagte sie verbindend von Frau zu Frau: „Maus", und deutete mit ihrem kleinen Wurstfinger auf die Maus, die soeben ein Süppchen löffelte.

Beim Abendessen im Garten sagte ich auf die Art vom Brüdi in Lübeck zu Ming: „Du Ming! Das ist jetzt ein richtiges Geschenk für mich, hier neben Dir zu sitzen!"
Eine Erinnerung aus dem Jahre 2003 bewehte mich:
Zusammen mit Onkel Dölein, besuchte ich im Rahmen von Döleins Europareise Brüdi und Gertrud in Lübeck.

Es dauerte nicht sehr lang, und man betrieb Hausmusik. Wir spielten ein Trio von Beethoven, und mitten in einer Phrase hielt der Brüdi mit dem Cellospiel inne, und sagte feierlich: „Du Diddo, das ist jetzt ein richtiges Geschenk für mich..."

Zu später Stund stolperte Ming noch über den Blumentopf, den man zum Schutze dessen, daß das Pröppilein nicht auf die Straße entweiche, zwischen die Mülltonnen gestellt hatte.

Donnerstag, 28. August

> Zunächst schön sonnig,
> doch nachdem die kleine Familie
> zum Tone am See gefahren,
> und das Haus so angenehm leer war,
> überzog sich der Himmel sanft-grau

Mareike Spams schickte einen erbitterten Brief:
Das was in der Zeitung über sie zu lesen wäre, sei einfach ungeheuerlich!
„Ich bin empört!" ließ sie wissen.
In der Zeitung stand zu lesen, daß sie entgegen der Abmachung, ohne Cembalo angereist sei, so daß das Team noch in der Nacht herumfahren mußte, um ein Cembalo für sie aufzutreiben.

Dies hatten die Journalisten doch eher in leichtem und vergnüglichen Tonfall niedergeschrieben, auf daß dem Leser ein kleiner Blick hinter die Kulissen gewährt würde.

Auf Art vom „curious george" war ich bereits ins Kabüff gewetzt, wo dieser noch ofenwarme Brief soeben studiert wurde.

„Was hat die Mareike geschrieben??" beschmetterte ich das absorbiert vor sich hintippende Julchen, und das Julchen reagierte genau so, wie es von Ming nicht gutgeheißen wird:

„Ach – unwichtig!" so daß man als interessierter Mensch, dem es nach aufregenden Wendungen im Leben dürstet, ganz begossen dasteht.

Und doch war Ming später so sehr mit einem Brief an die Mareike beschäftigt.

„Liebe Mareike! Du glaubst doch wohl nicht im Ernst, was die Zeitung so schreibt?" hatte Ming das Vorhaben in einem kühnen ersten Satz umrissen, um dann wenig später auf Beethoven-Art doch sehr zögerlich daran herumzuradieren... bis ich endlich den Brief von der Mareike zu lesen bekam!!

Doch dieser Brief hatte es in sich:

„Ich bin in höchstem Maße empört!" schrieb die Mareike, die den Brief in ihrer Empörung folgendermaßen eingefädelt hatte:

„Gutenabendiwan [in einem Wort]

Man schreibt einfach „guten Abend" und müsste doch eigentlich wissen, daß man den Abend des Lesenden mit diesem Briefe wohl gründlich verdirbt?

Iwan, Du musst Dir doch klar darüber sein, dass Du mit diesem Satz meinen Ruf beschädigst?! Ich bin in höchstem Maße empört!

Durch das Fenster in meinem Zimmer sah ich, wie Ming das Auto von Omi Birgit sehr herzlich verabschiedete, so daß ich natürlich gemeint habe, das Pröppilein sei wieder abgeschoben worden, auf das man zumindest mal *einen Vormittag lang* ein normales Leben würde führen können, aber nein, Pröppi saß in Buzens Zimmer vor dem schönen neuen Aldi-Computer-Bildschirm, der allerdings noch nicht angeschlossen worden war, so daß man sich nur selber darin spiegeln konnte.

Und nun spiegelte auch ich mich – hinter dem Pröppilein stehend. Ich zog ein ganz langes Gesicht, wulstete meine Lippen leicht und scherzte, daß so der Onkel Hambum aussähe, wenn mit seinem Smartphon etwas im Unlot ist.

Das Frühstück stand leider sehr unter der Bannglocke dessen, daß Mareikes ärgerlich stimmender Brief den süßen Ming, der es doch immer allen recht machen will, (Erbmasse von Omi Mobbl) sehr zu schaffen machte:

Die empörte und erbitterte Mareike versucht derzeit Urlaub in Harlem – Nähe Amsterdam - zu machen, kann ihren wohlverdienten Urlaub jedoch kaum genießen, dieweil sie so enttäuscht von Ming ist, der die zarte Freundschaft ihrer Meinung nach, zugunsten einer schmissigen Schlagzeile einfach verkauft hat, und dabei hatte der Reporter sich gar nichts dabei gedacht, und beim frischen Drauflosschreiben, das Satzflickerl „entgegen der Abmachung" einfach mitgenommen, um den Satz ein wenig zu strecken und aufzupolieren, zumal er vielleicht nach Buchstaben bezahlt wird?

Das Julchen schmähte die Eitelkeit von der Mareike: Sie meine, ihr Ruf würde ruiniert, doch sie habe gar keinen Ruf, der ruinabel wäre, denn jenen Ü70ger, der sich den Namen „Mareike Spams" eingeprägt hat, den möchte man doch wirklich einmal kennenlernen

Und heißt es nicht ohnedies: Einen guten Continuospieler erkenne man daran, daß man hinterher nicht mehr sagen könne, ob dies nun ein Mann oder eine Frau war?

Das Julchen beknatschte Ming dahingehend, daß er viel zu viel Zeit in dies unergiebige Thema einfließen lasse, und ich dachte mir aus, was der Christian wohl anstelle Mings für einen zeitsparenden Dürrzeiler hingetippt hätte:

> Sorry, aber auf das, was die Zeitungen bringen, habe ich keinen Einfluß.
> Gruß
> Christian

Pröppi war wieder ins Bett gestopft worden, und „Leisetreten" war angesagt, als der rührende Ming das Salzfaß und die ersten Vorboten des Mittagessens hinaus auf die Terrasse trug.

Nach dem Mittagessen segelte eine graue Wolke über das Himmelszelt.
Ich schaute mir einen Film über böse Frauen an. Vorgestellt wurde die sog. „Stone-Scala", mit der der Bosheitsgrad ermittelt werden könne:
Beginnend mit Betty Broderick, die ihren Ex und die Neue an seiner Seite erschoss.
Hernach lernte man eine verknitterte, bitterböse Seniorin kennen, die ein Heim für Alkoholkranke leitete, so daß man hätte meinen können und sollen, sie sei „gut". In Wirklichkeit aber war sie schlecht, ermordete Leute und verscharrte sie in ihrem Garten.
Um 20:24 kehrte Mings kleine Familie vom See zurück.
Das Julchen versuchte sehr lang das Pröppilein zu Bett zu bringen, doch nach einer Weile kehrte es *mit* dem Pröppilein wieder zurück, und war etwas patzig gegen Ming.
Warum *sie* das eigentlich immer machen müsse??
Auch beim Tone habe sie die ganze Zeit das Pröppilein bespaßen müssen.
Sie drückte Ming die Lütte in den Arm, beachtete uns überhaupt nicht mehr, und verschwand ins Büro, um sich wie alle Tage absorbiert in den Läptop hineinzukrümmen.

Und Ming, der doch immer alles macht, widmete sich dem Pröppilein, das keinerlei Bettgangsambitionen ausströmte, und mit seinen zartgebräunten Babyschlegeln in einem kleinen cremeweißen Schlafbody so appetitlich wirkte.

Pröppilein wurde auf den Schaukel-Elch gesetzt.
„Elch" sagte es.

Wieder mußte ich an die ungelöschte Wut denken, die die meisten Erwachsenen in sich tragen.
Viele scheinen ein unsichtbares Klebeband mit sich zu führen: Geringste Verfehlungen anderer bleiben daran kleben, und erhöhen den Wutpegel.
Man hat kaum noch mit Menschen zu tun, weil die einen alle so ärgerlich stimmen, oder aber man schafft sich, so wie ich, Freunde an, die für Ming & Julchen schlicht unbegreiflich wären?

Freitag, 29. August

Wolkenüberzogen –
doch am Abend schönster Sonnenschimmer

Ich las über Susan Barber, die ihren Mann vergiftete, doch leider konnte man aus der staksigen Über-

setzung keinen wirklichen Lesegenuß ziehen, auch wenn sich der erste Satz lustig ausnahm:
Susan Barber wurde 1984 geheiratet. Ihr Mann Michael mußte sich bereits um vier Uhr in der Frühe erheben, um in einer Tabakfabrik als Packer und Sortierer zu arbeiten. Doch am Straßenrand wartete bereits der 15-jährige Robert, um sich in das noch warme Ehebett zu Ehefrau Susan zu legen.
Ließe sich hieraus nicht ein wunderschöner Roman basteln?
Mittags war wieder Silencium angesagt.
Ming begrüßte mich mit einer fast verzweifelt anmutenden „Pssssst"-Geste. Die Lippen bis zum Anschlag gespitzt, und den Zeigefinger davor steil in die Höhe gefahren, da oben das Pröppilein zur Mittagsruh´ gebettet worden war.
Das Julchen rief die Omi an um zu verkünden, daß man gut angekommen sei, und klang so warm und freundlich.
Dann retirierte sich das Julchen zu einem neuen alten Hobby: Dem Klavierspiel.
Doch bald schon plärrte das Pröppilein:
„Auf-stehn, auf-stehn!" hörte man es schniefen, und unten wollte es gleich „die Maus" schauen.
Pröppilein ist leider eifersüchtig auf Julchens schönes Klavierspiel, und nur das „Maus-Schauen" bannt sie noch tiefer als die Eifersucht, und so scheint dies die einzige Möglichkeit, bei der Aufzucht über die Runden zu kommen, und jene Zeiten zu über-

brücken, bis das Pröppilein endlich groß und verständig ist.

Nach einiger Insistenz durfte ich endlich Mings Brief an die Mareike lesen, und war begeistert!
„*...**Daß Du mir allerdings unterstellst, ich würde Deinen Ruf absichtlich ruinieren, enttäuscht wiederum mich!*** schrieb Ming.
Worte, die doch eigentlich tief in die Seele schneiden müßten, und dieser tiefe Schnitt in die Seele wurde meiner Meinung nach noch durch die warmen und lobenden Worte, die darauf folgten, verschärft.
Doch kaum hatte man den schönen Brief mit einem Bravo-Ruf bedacht, da folgte die kalte Dusche auf dem Fuße.
Alsbald traf eine Antwortmail an:
Gutenabend Iwan, so einfach ist das nicht ←
begann sie, ohne auf die schönen Komplimente einzugehen. Sie biß sich an dem Satz fest, daß sie „entgegen der vorherigen Absprache" ohne Cembalo angereist sei. Der sei rufschädigend und faktisch falsch. Gäbe man ihren Namen bei google ein, so würde man „relativ rasch" auf diese Seite geschwemmt.
Schon wieder mußte Ming ein ärgerliches Problem bebrüten, und dies wo er doch nach all den Mühen im „Musikalischen Sommer" etwas Abspannung so nötig gehabt hätte.

Hi und da schaute ich nach dem Pröppilein.

Ich bedeckte die eine dicke Kinderwange mit einem saftigen und tiefempfundenen Kuß, und das Pröppilein, das auf Gunstbezeugungen dieser Art überhaupt nicht einzugehen pflegt, deutete mit ihrem kleinen Wurstfinger auf den Bildschirm, und sagte etwas Erklärendes.
Ming setzte die Kleine auf seine Schultern, um zu Omi und Opi zu pilgern, und ich fuhr mit dem Fahrrad neben dem Gespann her.
Auf diesem kleinen Gang war Ming sehr grüblerisch und schweigsam, so daß ich immer aktiv mitdenken wollte und Tips gab, die vielleicht von der Warte einer Schwester aus gut gemeint sein dürften, einem in der Sache jedoch nichts nützen.
Ming findet es so ärgerlich, daß sich alle immer so wichtig nehmen.
„Und was ist, wenn die mal eine schlechte Kritik bekommt? Darf die dann auch nicht ins Netz?" stöhnte Ming in Mingeslogik, die ja nachweislich nicht jedermans Sache ist.
Ständig schrammt der wunderbare süße Ming mit jemandem aneinander, und wird unter Denkzwang gesetzt.
Das Julchen findet die Mareike so uninteressant, daß sie sich gedanklich überhaupt nicht mit ihr beschäftigen möchte. Stattdessen belustigten wir uns jetzt auf dem I-Pad über das Foto von jenem Zeitungsständer, wo man Ming als verschmitzt lachenden Titelhelden auf der Ostfriesen Zeitung sieht, und etwas weiter oben liest man:

„Polizei erhöht Fahndungsdruck!"
„Bist du jetzt zufrieden?" könnte man der Mareike das Foto schicken, und hohndurchtränkt dazuschreiben. Aber an die Mareike hatte das Julchen grad gar nicht gedacht.
Ming war ein bißchen niedergeschlagen, denn wenn *er* an Mareikes Stelle gewesen wäre, so hätte er geschrieben: „Was?? Ihr habt extra wegen mir mitten in der Nacht das Cembalo abgeholt?? Das ist aber wirklich rührend und nett! Vielen Dank!!!"

Ich übte noch eine ganze Stunde mit Dämpfer und dünnem Tönchen im Ashram, während Ming über einem Blatt brütete. Ming reagierte Buzesgleich auf nichts, was ich sagte, und wühlte stattdessen lang und tief in der Nase.
Allgemein fand man meinen Knoblauchatem so ekelhaft.

Zum Schluß war der Brief an die Mareike fertig, und das kluge Julchen schlug noch eine abschließende Ergänzung vor:
„Ich kann Dich nur bitten, Nachsicht mit den Journalisten zu haben!"
„Schließe die Journalisten in Deine Gebete ein!" riet wiederum ich zu schreiben. Dies klingt doch wirklich schöner als „...möchte Dich bitten, von weiteren brieflichen Belästigungen dieser Art abzusehen!" ← wie ein Normalo wahrscheinlich hingetippt hätte?

Am Abend bastelte der süße Ming aus bunter Pappe einen lustigen Fisch für das Pröppilein, war jedoch beim Bastelvorgang durch die Mareike etwas absorbiert.

Samstag, 30. August

Ein regenperliger Tag.
Oftmals <u>sehr</u> grau bewölkt,
und dann gab´s gar einen Starkregenguss.
Hi und da dimmte Petrus etwas Sonnenschein
herbei, doch alles in allem ein Tag,
wo man vielleicht froh ist, Familie zu haben,
denn ohne, würde man sich in solch einer Wetterlage
gewiss sehr einsam fühlen?

Beim Frühstück erzählte ich Ming einen Traum. Doch ob Ming noch ein Ohr für mich und meine Erzählungen hat? Er sagt „höhö", „höhöhöhö" und dererlei, und ist ja doch mit anderem (wichtigerem) beschäftigt.
Der Wembo saß auf dem unteren Klo, und die Türe schloß nicht so recht. Dann wünschte er während der Sitzung auf dem Klosett zu telefonieren, und ich möge ihm doch bitte das Telefon bringen.
„Oh, ich muß den Hans-Hermann anrufen!" rief Ming im wahren Leben aus.

Ich fuhr fort:
Ich reichte dem Thronenden das Telefon, zupfte aus Feinfühligkeit die Brille ab und rief kumpelig: „Ich seh´ nichts! Ich rieche bloß!" ←letzteres erzählte ich dann allerdings bloß, um Ming zu belustigen. Und in Wirklichkeit habe ich dies im Traume nämlich nicht gesagt (nur gedacht.)
„Haha!" und außerdem hatte dieser Traum auch noch einen Seitenzweig. *Worms in hauchiger Kälte hatte sich in eine Weltstadt wie Shanghai verwandelt.*
Dann erhob ich mich im wahren Leben zu einem letzten Gnadentag, bevor morgen meine Reise ins Nordseebad Wremen auf dem Programm steht.
Ming stand in der Küche und spülte.
„Das ist doch meine Domäne!" rief ich leicht tadelnd aus, und begann unverzüglich abzutrocknen, doch dann zog ich mir einen Tadel Mings zu, weil es ihm zu langsam ging.
„Hast du jetzt drei Messer abgetrocknet?" frug Ming gönnerhaft-fragend, so daß ich ihm am liebsten eine gescheuert hätte.
(Ming behandelt mich nun so, wie das Julchen ihn.)

Ming, der so viel macht, steht beim Julchen dennoch permanent unter Verdacht unterturigen Einbringens in der Aufsichtspflicht, weswegen Ming die Pröppisitterei sehr ernst nimmt.
Er öffnet einen großzügigen, geräumigen Sack und füllt ihn mit goldschimmernden Sitt-Minütchen, um beim Julchen zu punkten.

Doch schad ist es ja allemal, wenn die Demut aus der Verliebtheit der Frau entwichen ist.

Gemeinsam liefen wir die Graf-Enno Straße hinab. Ich vermisste Herrn Waldemeyer, an dessen Haus wir nun vorbeipromenierten. Er war immer so freundlich, und nun heißt´s, die Frau sei ihm hinweggestorben, so daß er vielleicht nur noch gramgebeugt am Fenster sitzt?
Ming trug das Pröppilein auf seinen Schultern, und bei manch einem Straßenschild wäre es fast ein wenig knapp gewesen, denn mit Kind auf der Schulter ist man meist höher, als gedacht.

Ming erzählte mir, daß der kleine Nils verhaltensauffällig sei. Unlängst stand er ganz ratlos vor dem Bioladen, weil ihm die Fahrradkette herausgehupft war.
„Soll ich dir helfen?" frug Ming.
„Der Freund meiner Mutter kommt gleich!" sagte der Verhaltensauffällige steif und seltsam, und später, beim Spülen dachte ich über dieses Dreiergespann nach:
Ob es nicht sehr seltsam sei, endlich einen neuen Mann gefunden zu haben, den man aber nun zu nötigen genötigt sieht, einen seltsamen Sohn aus einer früheren Beziehung, den man am liebsten ungeschehen machen möchte, mit durchs Leben zu schleifen? Hört man nicht immer wieder Sätze wie „Das war in einem anderen Leben!" oder gar: „Mit

meinem früheren Leben möchte ich nichts mehr zu tun haben!"

…allerdings tauchte die Mutti vom Nils am nächsten Tag auf, um sich bei Ming zu bedanken, und ich erfuhr, daß das Problem vom kleinen Nils das Folgende sei: Er antwortet auf Fragen, die gar nicht gestellt worden sind!
Das fand ich sehr ungewöhnlich und interessant.

Ming war so gerührt, daß das süße Pröppilein den bunten Fisch, den er gestern gebastelt hat, mit Kringeln verziert und verschönt hatte: Auf jede Schuppe einen!
Das Sofa hat das Pröppilein ja leider mit dem Kugelschreiber besudelt, doch ich wiederum meinte, man habe doch jetzt zirka acht Jahre lang den Anblick eines unbesudelten Sofas genießen dürfen, und so ist das doch nun wirklich nicht schlimm!

Das Julchen schlief heut bis nach zehn Uhr, und als es dann wach war, klagte es über Schmerzen in der Leibesmitte.
„Der Blindarm!" warf das Julchen unfroh eine vage Vermutung in den Raum, doch ein jeder denkt natürlich in erster Linie an das böse Wort mit K, und auch mir wurde plötzlich klamm und traurig zumute: Ich habe dem Julchen nie den schönen kuscheligen Platz in meinem Herzen eingeräumt, den es verdiente, und grad so, wie ich es *ihr* vorwerfe, nur die

Unzulänglichkeiten gesehen, und dann heißt´s plötzlich: *Ende August wurde das Julchen krank und starb.* Etwas hilflos gab ich gutgemeinte Tips (Herr Scherließ: das Gegenteil von „gut" ist „gut gemeint"): z.B. ihre Mami anzurufen – die sei allwissend – und hierzu suchte ich klamm nach einer Wärmflasche herum. Doch mir ging es ähnlich wie Buzen:
Die, die ich hervorfischte war die stinkige alte, und diejenige, die ich suchte, die fand sich nicht.

Ich radelte durch die Gräue zur Firma „Pollmann & Renken" und fühlte eine beklemmende Bekümmernis wegen dem erkrankten Julchen.
Im Geiste sah ich Ming bereits als Witwer, und das Pröppilein mutterlos groß werden, und erst, als ich bereits hinter den Glascontainern weiterradelte fiel mir auf, daß ich keinen einzigen Psychopathengedanken gehegt hatte.
Die klassischen Psychopathengedanken einer bösen Frau wie dem Uschilein sähen in diesem Falle folgendermaßen aus: *Daß dann die ganze Aufzucht womöglich an mir kleben bliebe? Das Julchen im Spital, Ming mürrisch und geistesabwesend, und ich muß die ganze Zeit das Pröppilein bespaßen, oder wie?!?*

An der Kasse im Bioladen fühlte ich feindliche Schwingungen, die allerdings paranoider Natur waren: In den Sinnen einer Mitkäuferin spiegelte ich mich beim Aufbeigen meiner Einkäufe auf den

Verkaufstresen als jemand, der einen auf schamlose Weise übervorteilen will. Doch dann sagte die trocken wirkende Dame aus dem Holze einer Antje Menzel völlig überraschend: „Wenn ich Sie sehe, denke ich an schöne Musik!" und lächelte dazu, ebenfalls an Antje Menzel erinnernd, dünn und trocken.
Über mein Gesicht jedoch flutete wärmster Sonnenschein, und an einem weiteren Indiz hat man dann bald gemerkt, daß diese Dame aus Hessen kam:
Sie schnuddelte sich fest, und scherte sich auf Hessenart einen Teufel um die immer länger werdende Schlange hinter sich.
Ihre Tochter habe bei Rehlein das Klavierspiel erlernt – Regine Abraham!
Da dachte ich an die alte Frau Abraham im Hochzeitshaus von Grebenstein, und hätte so gerne gewußt, ob man wohl verwandt gewesen sei – wenn man hierfür nicht so tief in die Erinnerungen und in die Anekdötchentruhe hätte greifen müssen, und die Schlange hinter uns immer länger wurde.

Auf dem Heimweg leuchtete mir in der Graf-Enno-Straße zunächst pünktchenklein die Gerda entgegen, und mindestens viermal in Folge dachte ich:
„Du dumme Gans - ORLschnepfe!"
Ich sagte es sogar halblaut, drosselte die Worte allerdings kurz vor der Begegnung.
Schmuckbehangen radelte sie mir nun entgegen!

Sie bräuche unbedingt noch ein Bild von der Kleinen, meinte die Gerda, und ich verstand sie miß und sprach davon, daß es die Bilder heut bloß mehr im Computer gäbe.

Gerdas torhafter Grundausdruck auf dem Gesicht mischte sich mit erhöhtem Befremden, doch dann erfuhr ich, daß sie ein *Gemälde* meinte, denn ein kleines Kind, das so großartig malen kann, findet man sonst nie!

Beim Mittagessen:
Ich wollte vom Julchen wissen, ob sie, seitdem sie Mutter ist, wohl Gefühle habe, die sie vormals nicht gekannt hat? Doch das Julchen drehte den wichtigtuerischen Worten von der Bea eine lange Nase, indem sie all die Gefühle vorher schon gekannt habe. Wir sprachen über künstliche Besamung, die Spermien für die Pferde im Ofenbacher Kühlschrank, die so teuer waren, und zu nichts geführt hätten, und modulierten weiter, um zu erzählen, wie Ming einst in Genf gezeugt wurde.

Wäre Buz beim Wettbewerb damals in die zweite Runde gekommen, so gäbe es heute keinen Ming, weil Buz dann hätte üben müssen.

Ich aber bin im Zimmer von der Degerlocher Oma gezeugt worden, und Onkel Dölein stand Schmiere, „so daß ich auch ein bißchen ihm gehöre!" rief ich vergnügt aus, und fühlte mich bei diesem Thema sehr in meinem Kielwasser.

𝕯ie 𝖀romi wackelte wie jeden 𝕿ag auf den 𝕱riedhof, und die jungen 𝕷eute nutzten die 𝖅eit, um ihr 𝖅immer zu entweihen. Wären sie nur ein bißchen anständiger gewesen, so gäbe es mich heute nicht! Dann aber nivellierte ich die harschen Worte auch wieder: Damals gab´s im ganzen Hause kein freies Zimmer, und nachdem Rehlein die neugeborenen Zwillinge vom Onkel Rainer gesehen hatte, war sie beseelt von der Idee, bald selber mit der Vermehrung loszulegen.

Ich berichtete, wie ich der Frauke mal erzählt habe, daß ich im Musikalischen Sommer ein Haydn-Quartett spiele. Die Frauke sagte: „Oh je! Das klingt ja oft sehr peinlich. Vorallem von der ersten Geige her. Da überschätzen sich die meisten!"

Im Combi wurde ich gewohnt angenehm von Frau Norde an der Kasse bedient.
Über die dicke Frau Norde hatten wir heut auch schon gesprochen: Als ich beim Frühstück herummutmaßte, was die beiden Töchter von Ute B. wohl mal für eine Figur bekämen, da sie ja eine ganz dicke und eine ganz dünne Omi haben? Und Ming erinnerte in diesem Zusammenhang an Frau Norde.
Omi Nowak habe ein Herz aus purem Gold gehabt.
𝕳istorische 𝕰rinnerung aus dem 𝖂inter 1996:
𝕬ls die 𝖀te wegen einem 𝕹ierenproblem im 𝕶rankenhaus lag, hat sich 𝕺mi 𝕹owak so rührend um 𝖀tes kleines 𝕭aby gekümmert, und hinzu jeden 𝕿ag ein 𝕱oto

davon geschossen, um für die junge Mutti liebevollst ein kleines Album zu basteln.
„Ja, sie war genau wie Frau Norde!" rief ich aus, und mit Frau Norde möchte man so gern mal einen Abend verbringen.

Zu später Stund liefen Ming und ich zu ARAL.
Es war bereits 22.23, und das Julchen hatte sich ein alkoholfreies Bier gewünscht, das zu beschaffen, wir uns nun auf den Weg gemacht hatten.
Doch vielleicht wollte es auch nur ein bißchen alleine sein?
In letzter Zeit unternehmen Ming und ich wieder viel mehr miteinander. In der Glupe* erinnerten wir uns an Frau Tosch und Frau Zachow, die damals in Rehleins heutigem Alter staken, uns Kindern jedoch steinalt schienen.
*Straße mit überraschend guter Aura in Aurich

Herr Reich hat Buzens Brief an die Ministerin abgesegnet, und wir hoffen, daß der dummen Gans nun endlich der Arsch auf Grundeis geht.

Sonntag, 31. August
Aurich – Wremen - Aurich

Tendenz zum Sonniglichen.
(Worte wie von Frau Linke)
In Ostfriesland noch lichtgrau, in Wremen sonnig

Man erwachte an Pröppis Jubilierungen und Mings liebevollen Worten, und ich mit meiner erlahmten Sprungfeder lag erst einmal da – hineingespült in einen Tag, wo um 18 Uhr mein Debut im Nordseebad Wremen steigen sollte.
Ich begrüßte mich mit dem warmherzigen Ming, und im Duett ergötzten wir uns am Pröppilein. Das Pröppilein fuhr zu Entzückensausrufen mit ihrem Vierrad herum, und nach einer Weile malten wir.
„Heute malen wir einen Hund!" rief ich aus, doch das Blatt war bereits ganz voll, da das Pröppilein bereits lauter bunte Stahlwerke gemalt hatte.
„Da brauchst du ein neues Blatt!" sagte Ming sanft tadelnd zu mir, und auf diesem neuen Blatt begann ich nun pädagogisch herumzuzeichnen.
„Hunde haben normalerweise eine Nase aus echtem Leder!" so begann ich, und zeichnete ein kleines Quadrat mit zwei herzförmigen Nasenlöchern, Pröppilein baute derweil ein Türmchen aus kleinen Schachteln, und erst bei der sechsten Schachtel fiel es zusammen.

Ich zeichnete weiter, indem ich zwei kleine Öhrchen zeichnete. „Meistens haben sie gespitzte Ohren, weil beständig über sie herumpsychologisiert wird!" fuhr ich fort. „Sie hassen es, und wollen gleichzeitig kein Wort versäumen!"
„…wenn er dann sein großes Geschäft macht.." imitierte ich eine Omi mit gespitzten Lippen, und Ming lachte amüsiert.

Beim Frühstück sprachen wir über Geschwister:
Das Julchen findet Schwangerschaft und Aufzucht sehr beschwerlich, so daß sie derzeit keine Lust auf ein zweites Kind verspürt, auch wenn es für das Yaralein schön wäre, endlich ein Geschwisterchen zu bekommen.
„Man sollte ein Kind nicht *wegen etwas* bekommen!" meinte das Julchen für eine 31-jährige erstaunlich reif, und ich erzählte, wie die Kohls mal ein zweites Kind planten:
Eigentlich hatte der Helmut (grad wie der Lothar in meiner DDR-Geschichte, der seine schwangere Freundin Ruth ermordete) überhaupt keine Lust auf ein zweites Kind. Schon das erste war ihm eine Last, doch Ehefrau Hannelore argumentierte: „Das Tolle an einem zweiten Kind ist, daß es so ganz anders wird als das erste!"
Und dann bekamense genau das gleiche nochmal!
Das war in diesem Falle die große Überraschung!

Denn den Menschen, der Peter und Walter Kohl auseinanderhalten kann, den möchte man ja wirklich mal kennenlernen.

Nach einer Weile rief der süße Buz an.
Buz war so warm und aufgeräumt, und sprach davon, daß er den jungen Leuten eine Reise nach Malle schenken wolle.

Ming bebarschte mich, weil ich mein Händiguthaben immer nicht aufstocke, und somit ständig kein Guthaben drauf hab.
„Bebarsche mich nicht!" rief ich aus.
„Ming meint´s nur gut!" sagte das Julchen beschwichtigend.
„Das weiß ich", knurrte ich, „aber immer ist´s nur der Auftakt zu einer Bebarschungssymphonie, und die Bebarschungsvariationen liegen bereits in den Lüften!"

Dann reiste ich ins Nordseebad Wremen, und verschwand somit aus dem Alltag.

Personenverzeichnis

Akio, Fagottbläser aus Japan (*1955)
Anna J., ehemalige Schülerin Buzens (*1970)
Anna-Lena, Mitarbeiterin im Musikalischen Sommer.
Baier, brave Eheleute in Aurich, die einen Bioladen betreiben.
Barbara, helfender guter Geist im Hintergrund. Geburtsjahr unbekannt.
Bea (Beätchen), Tante in Amerika (*1943)
Berner, Eike, Dichter und Poet in Ostfriesland (*1944)
Brüdi, (*1942) Bruder von meiner Lieblingstante Antje. Wohnhaft in Lübeck.
Christian, Meisterorganist (*1967)
Christoph-Otto, Stadtmusikant von Aurich, Alleskönner mit Schwerpunkt Violoncello. Lieber Freund der Familie, ohne den das Leben undenkbar wäre. (*1965)
Clara, süßes kleines Kind in Aurich (*2013)
Degerlocher Oma, Rehleins Oma (1886 – 1968)
Dölein, heißgeliebter Onkel mütterlicherseits in Amerika (*1936)
Doris, Studentin Buzens (*um 1980)
Frank Schmitz, Mitarbeiter im Musikalischen Sommer (*1983)
Franz, Buzens treuester Jünger. Geiger & Dirigent. Ein Taiwanese (*1968)
Frauke, ehemaliges WG-Mitglied aus meinen Studienzeiten in Trossingen (*1964)
Gerswind („die Dame G."), Mings Exe (*1964)
Golischewski, Frank, Kabarettist. (*1960)
Graffin, Philippe, großartiger Violinvirtuose aus Paris, Geburtsjahr unbekannt.
Hanlin, Studentin Buzens und Primgeigerin im Jadequartett http://www.jadequartett.de/ (*1974)
Hans-Hermann, lieber Freund in Ostfriesland (*1949)
Hans-Peter, Hanlins schwäbischer Ehemann.

Geburtsjahr unbekannt.
Hee-Yon, Meisterpianistin aus Südkorea. Man könnte sie als koreanische Martha Argerich bezeichnen. Geburtsjahr unbekannt.
Heike, Herr, Komponist (*1933)
http://www.georg-heike.de/
Herwig, fantastischer, so jedoch leider sehr grantlerisch veranlagter Cellist aus Wien (*1963)
Irma, angeheiratete Großtante in Kiel (*1937)
Isabella, Buzens Lieblingsschülerin in Wien (*1974)
Jorberg, (*1928) Lebenspartner unserer besten Freundin Veronika
Kamp, Frau, mütterliche Freundin von mir (1927 – 2014)
Leslie, (*1970) Exe von meinem Lieblingsvetter Friedel.
Linda(lein), älteste Tochter von der Tante Bea in Amerika (*1973)
Linke, Frau, meine einzige Schülerin (*1934)
Lisa, zweite Geigerin im Jadequartett (Südkoreanerin) (*1976)
Maren, Mitarbeiterin im Musikalischen Sommer (*um 1985)
Martha, meine einzige Freundin, die noch nicht so alt ist (*2001)
Menzel, Antje, (*1949) trockene Klavierlehrergattin und Geigenlehrerin in Grebenstein
Martin R., Hornbläser aus der Schweiz (*1964)
Midori, weltberühmte Violinvirtuosin (*1971)
Ming, mein Bruder (*1964)
Münch, Frau, meine Sekretärin in Aurich (*1943)
Mundlos, Uwe, (1973 – 2011) Rechtsterrorist
Neckermann, Johannes, enger Freund der Familie (*1942)
Norde, Frau, Kassendame im Combi-Markt Aurich
Nowak, Omi, (1936–1997) Viel zu früh verstorbene Schwiegermutter von meiner Freundin Ute.B.
OSL, Behörde im Operettenstaat Ostfriesland. Und da die unseren wunderschönen „Musio" einfach grobklötzig in

„Muso" umgetauft hat, hab auch ich mir hier in diesem Buche erlaubt, deren Namen ein ganz klein bißchen zu frisieren.
Peebo, Anneli, (*1971) Sängerin aus Estland
Pröppi, Mings kleines Töchterlein (*2012)
Reemt, junger Pfarrerssohn auf Baltrum (*1999)
Reich, Anwalt, hier sagt´s ja schon der Name: Ein Anwalt
Reich, Nadia, Anwaltstochter und Cellistin (*1993)
Rifflein, (*1978) einziger leiblicher Sohn von der Tante Bea in Amerika
Rudi, großartiger, mit sehr vielen Gaben gesegneter Cellist aus Wien. (Geburtsjahr unbekannt.)
Samohyl, Herr, (1911-1999) Violinprofessor in Wien, bei dem ich nichts, aber auch gar nichts gelernt habe
Scherließ, Herr, Musikgeschichtsprofessor in Lübeck (*1945)
Schmitz, Frank, Mitarbeiter beim Musikalischen Sommer (*1983)
Sieben, Herr, unser ehem. Deutschlehrer in Aurich (*1949)
Spams, Mareike, renommierte Cembalospielerin (*um 1970)
S. Jan, Elite-Cellist (*1964)
Tatjana, unbekümmerte junge Frau und Mutti in Aurich (*um 1988?)
Tone, wunderbarer lieber Freund der Familie in Ostfriesland (*1962)
Tosch, Frau, lang verstorbene, sehr freundliche Dame in Aurich (*1909-1983)
Ute B., ehemalige Studentin Buzens aus Rottweil. Liebe Freundin (*1966)
Veronika, langjährige und enge Freundin der ganzen Familie (*1945)
Waldemeyer, Herr, lieber alter Herr in Aurich (*1922)
Weber, Ulrike, gloriose Sängerin (*um 1969)

Weckwerth, Werner, Maler (1906-1996) https://www.werner-weckwerth-museum.de/
Weimers, ehemaliges Rektorenehepaar in Trossingen
Yossi Gutman, großes Genie auf der Bratsche (*1947)
Zachow, Frau, (1904-1988) Nachbarin von Frau Tosch in Aurich. Alte Dame mit weißen Wollresten auf dem Haupt.
Zschäpe, Beate, Rechtsterroristenbraut (*1975)

Diese Ballade hat Rehlein geschrieben:

Ballade vom unbekannten Ritter P., der mit seiner glänzenden, aber den meisten unbekannten „ECHO-Preiswert-Rüstung" unterwegs ist.
Auf der Suche nach einem Festival für sich.

Ein schlagender Ritter, ganz unbekannt,
(mit "Charisma", doch uncharmant -)
zieht suchend und schnuppernd durchs norddeutsche Land
vorbei an der schönen Schleswig-Holsteiner Waterkant.

Was will er?
Sich mit dem Werk andrer verwöhnen.
denn: ein Festival gibts hier, ziemlich bekannt.
Er will es haben, zieht das Schwert, grabscht nach ihm,
doch die Leut winken ab und er muß weiterziehn.

Ein Festival will ich, ein Festival muß her!
jammert und trötet Ritter P. kreuz und quer.

Ein feiner Doktor hört ihn heulen und lamentiern
und sagt: da sollten wir zusammen marschiern.
Ich kenn' eine Stelle
mit sehr guter Quelle,
da wolln wir jetzt hin,
denn es riecht nach Gewinn.

Wir müssen nur heucheln und "nach Höherem" streben
und so tun als ob.
Und die vom Festival solln was erleben!

**Jaja, ruft der Ritter, jaja, unbedingt
und der Glanz auf der Rüstung schon niedersinkt.**

Sie stellen's diesmal heimlich an,
sie ziehen den Kopf in den Kragen hinan,
und Mann für Mann bleibt unbekannt,
raten ist zwecklos, starr bleibt die Wand.
Noch niemand weiß etwas Genaues
nur merkt man: da ist etwas Graues,
da schleicht einer rum, noch ohne Namen
und man fragt sich: wieviele wohl kamen?
was die wohl wollen, diese ollen,
diese noch unbekannten Pfeifen?
werden sie wirklich auf unserem reifen
und heißgeliebten Musio-Fest
sich einnisten? Platz nehmen? uns bestehlen?
schamlos, als gefühlte Pest?!
Des Ritters Name halb erst hallt,
dennoch schwallt es durch Felder und Wald:

Ein Festival will ich, schon immer gewollt
es muß etabliert sein, dann bin ich ihm hold
Das Publikum fühlt so hin und her
und das Denken fällt allen unheimlich schwer,
denn:
Wer reitnert so dreist durch Wald voll Kirsch?

Es ist der Pürschnereit auf der Pirsch.
Ein Festival sucht er, das schon komplett
damit er was für seine Schüler hätt,
denn das wär gut für die Aufstiegsleiter
daß er sicher käm in der Hochschul weiter.
Bestimmt kriegt er bald 'nen Direktorposten,
da seine Schüler nun nie arbeitslos rosten,
und auch Kollegen endlich mal
loswerden ihre Untätigkeitsqual
mit Einstudirtem und nie zu Gehör Gebrachtem.
Ei, wie sie jetzt im Kollegenkreis lachten
endlich vorbei das trostlose Warten.

Der Pürschnereit, der Pürschnereit,
vom ungeahnten Erfolg gekostet, ganz heiß –
jetzt ohne Rüstung, die vom Schleimen verrostet –
aber **mit seiner Weste so weiß**
Juchhei, die erlösende Einladung!

der lahme Geist kriegt wieder Schwung - -
und Publikum sei "en masse parat"!!
wie war das Leben zuvor so fad.
Und da, im altehrwürdigen Festival
- **einem Leuchtturmprojekt, zum regionalen Interesse erklärt,**
nicht mehr wegzudenken, sonst wär die Welt verkehrt -,
wird jetzt gestohlen ohn Zaudern, Zögern und Zagen
mit als "Herzblut" getarntem Speichelgespritze,
wird gerufen: wir können es wagen
(manch einer vom Publikum glaubt an Witze)

Der Kollmann schwört auf den längeren Hebel
Das Publikum versinkt im Geschwafelnebel
Jetzt werden Junge als "Gipfelstürmer" hingestellt
mit lang eingetrichtertem Virtuosengetue
BWL gestärkt viele, ohne Seelenruhe
aber mit mitverdienenden Agenturen,
denn so laufen heut die "Wirtschaftsuhren",
<u>jeder will mitverdienen, schaut mal nach Kärnten</u>
<u>unmäßig sind dort die Milliönchenernten!</u>

der Pürschnereit, der Pürschnereit, mit seiner Weste,
nicht mehr so weiß
(ist ja klar) schlägt selber die Tasten, wie hunderte
andre, halt austauschbar -
die Alten, Kollegen, selbstredend hochgeistig,
in endlos viel Jahren durchdudelt, was weißt ich
die Werke der Großen: zerredet zelebriert,
dem Publikum zur Langweil. Ungeniert.
Jetzt breittreten Programme, schon so oft gehört
in Kirchen, Burgen, sonsteinem Saal
nun mit Reden verbrämt. zum Besten gegeben.
So tun, als wärs Neues, vom Allerfeinsten,
den Kennern ist es eine Qual.

Er redet so frech vom Festivalwunsch
(hätte er keins, trüg im Gesicht er 'nen Flunsch)
das er schon immer gewollt und unbedingt hat
haben gesollt,
und wie schön, daß es schon Publikum gibt,
(Juchhuuu, wie da die Wiebke wippt),

herrlich, wenn man das einfach übernehmen kann,
glaubt er, der Pianist und selbstherrliche Mann.
und von überall her stürmen die Jungvirtuosen

den Professor, um mit ihm dies Publikum zu umkosen
zuvor durch Geschwätz in Zeitungslektüre
das Publikum bearbeiten, gefügig machen.
"Wenn wir das nicht übernehmen könnten, wärs ja zum Lachen".

Ich habs, ich habs, kreischt Pürschnereit !
und weiß nicht, das 's ist nicht sehr gescheit.

denn kampflos soll er es nicht kriegen
und sei es noch so auf Brechen und Biegen.
Dunkle Wolken ziehn schon auf,
der Rechtsanwalt sieht schwarz und flüchtet,
Der Gerichts-Termin wird in den Herbst gewüchtet,
wird verwoben und verschoben
denn man hofft auf Hilf von OBEN.
Doch DER-DORT-OBEN hat noch andres zu tun.
Die Gier der Menschen läßt IHN nie ruhn.

Sein FANAL in diesem SKANDAL:
zwei junge Menschen arbeiten entschlossen und fleißig
am beliebten Fest, ganz wie immer, so weiß ich.

Und im Festival, das ein Musiker (Künstler?) baute
und in das jetzt (jäh?)ein Jährlein ein Anderer schaute
nämlich der Pürschnereit, ohn Ehr, doch mit Tadel

das seit Jahrzehnten Beliebte
so anzubieten: für sich profitabel,
für "tolle Auftritte" wie "nie gewesen" ! -
wird weggekehrt jetzt mit eifrigen Besen.
Und treffen soll der Besen ihn!
Au wei geschrien, au wei geschrien!

**Oh Pürschnereit, der Gierschlauch schreit,
Nun ist mein Wunsch dahin - ganz weit - !**

und verfleckt ist die Weste, böse zerrissen.
Nun weint er und schluchzt in Mamas Kissen.

Und ich, der Verfasser dieser Zeilen
will noch bei einem Vorschlag verweilen:
**Such einen Zoo Dir, oh Pürschnereit,
in Hamburg ist einer, für Dich nicht so weit.**

Und weiter geht´s im nächsten Band…

Erscheint am 16. März 2020

Besuch uns doch mal hier! ☺

http://www.franziska-koenig.de
http://www.erikoenig.de/
www.musikalischersommer.com

https://www.facebook.com/pg/Musika
lischerSommer/photos/?ref=page_inter nal

https://www.twentysix.de/shop/catalogsearch/resul
t/?q=Franziska+K%C3%B6nig

https://www.facebook.com/Franziska-
K%C3%B6nig-Autorin-2737467786270436

Danke!